# LA TESTA NELLA SABBIA

Questo libro è opera di fantasia. Nomi, personaggi, luoghi e avvenimenti sono frutto dell'immaginazione dell'autore o utilizzati in modo fittizio. Qualsiasi somiglianza con fatti, luoghi o persone reali, vive o defunte, è puramente casuale.

Titolo originale dell'opera *Head in the sand*
Pubblicato da: Thomas & Mercer, Seattle, USA, 2015

Edizione italiana pubblicata da
AmazonCrossing, Amazon Media EU S.à.r.l
5 rue Plaetis, L-2338, Luxembourg
febbraio 2018


Traduzione dall'inglese di Roberta Maresca

In copertina © shipfactory/Shutterstock ©Loop Images Ltd/Alamy Stock Photo
Realizzazione a cura di Grandi & Associati, Milano
Progetto grafico a cura di *the*World*of*DOT, Milano

Si veda l'ultima pagina per i dettagli sullo stampatore.

Prima edizione digitale 2018

ISBN: 9781503954403

www.apub.com

## Il libro

La scoperta di una testa mozzata nel bunker di un campo da golf sconvolge la tranquilla cittadina inglese di Burnham-on-Sea. Chi ha potuto compiere un gesto tanto efferato? E che fine ha fatto il resto del corpo della donna così crudelmente mutilata? Quando poi viene rinvenuto un secondo cadavere, oltraggiato con lo stesso procedimento macabro, e i due casi sembrano ricollegarsi a un omicidio rimasto impunito negli anni Settanta, l'ispettore Nick Dixon e la sua squadra si troveranno coinvolti in una corsa attraverso e contro il tempo per impedire altre terribili decapitazioni.

## L'autore

Damien Boyd è diventato scrittore di gialli dopo una brillante carriera da procuratore legale. Grazie alla sua vasta esperienza di diritto penale e alla collaborazione con tanti detective, scrive storie poliziesche avvincenti e originali, ambientate nella regione del Somerset, dove è nato e cresciuto. Dopo *L'ultimo volo del corvo*, *La testa nella sabbia* è il secondo romanzo della serie con protagonista l'ispettore Nick Dixon.

DAMIEN BOYD

# LA TESTA NELLA SABBIA

Traduzione di
ROBERTA MARESCA

amazon crossing

*Ai miei genitori, Michael e Diane*

# Prologo

*A un osservatore casuale poteva sembrare viva e vegeta, ma chiunque la conoscesse avrebbe detto che era morta dodici mesi prima, quando sua figlia le era stata portata via. Respirava, piangeva e soffriva ancora. Ma, a parte questo, non faceva e non provava niente.*

*Il dolore non le dava tregua. La diagnosi medica era depressione clinica, ma alla fine era al dolore che tutto si riduceva. L'angoscia mentale era così intensa che le provocava una sofferenza fisica atroce. Provava un po' di sollievo solo quando dormiva, e dormiva solo se prendeva le pillole. E anche parecchie.*

*Non le erano mai piaciuti i sonniferi. Il giorno dopo stava da schifo e il prezzo da pagare era troppo alto, per un sonno chimicamente indotto: ogni volta gli stessi incubi vividi.*

*Senza pillole non dormiva affatto. Restava sdraiata a fissare il soffitto e piangeva pensando alla figlia. Era un circolo vizioso e aveva deciso di spezzarlo.*

*Di farla finita.*

*Era al quarto piano dell'*Hotel Senator*, sul balcone di una stanza che si affacciava sul mare di Marbella. Era stata una bella idea cercare di fuggire da tutto quanto, ma non aveva funzionato. Gli incubi e il tormento l'avevano seguita, come avrebbero fatto sempre.*

*Doveva farla finita adesso.*

*Non aveva idea di dove l'avesse sentita, ma la frase "caduta lunga, fine rapida" continuava a ronzarle nella testa. Forse in quel documentario su Albert Pierrepoint, il boia che prendeva le misure ai condannati, che aveva visto in televisione. Non lo sapeva e non le importava.*

*Controllò il nodo un'ultima volta. Aveva legato la corda al radiatore più stretta che poteva. Gettò il lasco al di là della ringhiera, si infilò il cappio dalla testa e lo strinse. Poi scavalcò la ringhiera e si mise di spalle al balcone, reggendosi con le mani dietro la schiena. Pensò alla figlia e il dolore la colpì come sempre. Come una martellata.*

*Non lo stava facendo per raggiungerla. Lo stava facendo per mettere fine al dolore. Le lacrime cominciarono a rigarle le guance.*

*A quel punto si lasciò andare.*

# Capitolo 1

Era stata una buona giornata. Tutto sommato. Il rapporto ufficiale avrebbe indicato che Dixon aveva agito da "ufficiale di collegamento della narcotici", ma avrebbe anche messo nero su bianco che era stato il primo a varcare la soglia dell'abitazione di Conrad Benton quando l'ariete aveva scardinato la porta. Benton aveva addirittura avuto la compiacenza di tirargli un pugno. Dixon lo aveva schivato abbassandosi e poi era rimasto a guardare mentre due agenti della narcotici particolarmente nerboruti gli saltavano addosso e lo ammanettavano. Poche volte a Dixon era capitato di gustarsi tanto un arresto.

«Conrad Benton, sei in arresto per aggressione a pubblico ufficiale. Hai il diritto di rimanere in silenzio, ma qualsiasi informazione omessa in questa sede e in seguito riferita in tribunale potrà compromettere la tua difesa. Qualunque cosa dirai potrà essere utilizzata come prova.»

Benton non aveva risposto.

Durante la perquisizione dell'appartamento erano state trovate dosi di PMA ed ecstasy per un valore sul mercato di oltre ottomila sterline e, visti i suoi precedenti, Benton poteva aspettarsi una lunga permanenza dietro le sbarre. Dixon lo aveva dichiarato in arresto anche per detenzione a fini di spaccio di stupefacenti di classe A.

Il lavoro di quella mattina era stato estremamente gratificante.

Dixon aveva passato il pomeriggio sulla spiaggia con il suo cane Monty e la serata con l'agente investigativo Jane Winter al ristorante *Zalshah Tandoori* di Burnham-on-Sea. Aveva mangiato in diversi locali indiani in vita sua, ma non ne aveva trovato uno migliore dello *Zalshah*. Non era ancora al punto di poter ordinare "il solito" quando ci andava, ma chiamava già per nome i camerieri.

Altro fatto positivo, era riuscito a evitare di parlare a Jane della sua medaglia. Lei se ne era dimenticata e lui non aveva tirato fuori l'argomento.

Dixon guardò le luci delle auto scorrere sul soffitto della camera da letto e lasciò che la mente tornasse ai tempi in cui arrampicava sulle scogliere di Pembroke, con il sole splendente e le onde che s'infrangevano contro le rocce ai suoi piedi.

Un attimo dopo gli squillò il cellulare. Controllò l'ora. Le 7.15 del mattino.

«Nick Dixon.»

«Nick, sono l'ispettore capo Lewis. Dove sei?»

«Dentro il letto, signore.»

«Di chi?»

«Nel mio.»

«Dov'è Jane Winter? Non risponde al telefono.»

«Ha detto che per il weekend sarebbe andata dai genitori, mi sembra. Perché?»

«Dovete venire entrambi alla chiesa di Berrow il prima possibile.»

«Sono certo che riuscirò a mettermi in contatto con lei, signore.»

Dixon allungò la mano sinistra e la piazzò sul seno destro di Jane. Lei si tirò il piumone sopra la testa per soffocare una risata.

«Bene. Fate più in fretta che potete. Hanno trovato una testa mozzata in un bunker del campo da golf.»

Dixon si mise a sedere di colpo.

«Una testa? E dov'è il resto del corpo?»

«Ancora non si sa. La testa è nella buca dietro la chiesa. La dodicesima, credo.»

Dixon era già diretto in bagno.

«Arrivo subito, signore.»

Jane era vestita quando lui uscì dal bagno.

«I tuoi genitori abitano a Weston, vero?»

«Sì. Be', a Worle, per la precisione.»

«Dammi un vantaggio di venti minuti e poi parti anche tu. Ci vediamo alla chiesa di Berrow. Dovrebbe andar bene, che dici?»

«Non mi importa che gli altri lo sappiano, se è questo che ti preoccupa.»

«Lo sapranno presto, Jane. Quando saremo pronti entrambi.»

«Vuoi che dia da mangiare a Monty?»

«Lo porto con me, tranquilla.»

Dixon si era vestito in fretta e furia e si stava tastando le tasche in cerca delle chiavi dell'auto.

«Mangia quello che vuoi, ci vediamo a Berrow.»

Dixon uscì di casa poco prima delle 7.30. Il sole era sorto da un pezzo, ma era ancora piuttosto buio. C'era un pesante strato di nubi grigie, non tirava un alito di vento e cadeva una pioggerella sottile quando lasciò Brent Knoll e prese le strade di campagna che portavano a Berrow.

Svoltò a sinistra in Station Road, dove presumibilmente un tempo doveva esserci stata una stazione ferroviaria, e percorse il ponte curvo che passava sopra le rotaie. Come ogni volta che lo oltrepassava, la sua mente tornò all'incidente avvenuto molti anni prima, quando lui aveva solo nove anni. Era in macchina con sua madre e si stavano avvicinando a quello stesso ponte. A un certo punto la donna, per qualche ragione a lei ancora sconosciuta, aveva accostato e si era fermata appena prima della rampa. Una frazione di secondo più tardi, avevano visto un autobus arrivare sparato al centro della carreggiata. Sarebbero senz'altro morti entrambi in un frontale se lei non si fosse fermata. Quello era il labile confine tra la vita e la morte.

Arrivò a Berrow dopo due o tre minuti e attraversò lentamente il paese. Si fermò al bivio principale e notò con piacere che il *Berrow Inn* era ancora in attività. Nei giorni a venire avrebbe fatto soldi a palate fra agenti di polizia, giornalisti e curiosi. Vide anche che il *Berrow Stores*, dove si era consumato il suo primo e unico crimine, era ancora aperto. In quel negozio aveva rubato un pacchetto di figurine dei calciatori. Alla fine si era rivelato uno sforzo del tutto inutile, perché aveva trovato solo doppioni.

Girò a destra su Coast Road e si diresse verso la chiesa. Piovigginava ancora e non accennava a smettere. Superò i giardini pubblici e i manifesti sul ciglio della strada che pubblicizzavano lo spettacolo pirotecnico che si sarebbe tenuto in paese, quindi continuò.

La mente di Dixon correva. Tante domande e nessuna risposta. L'unica cosa che poteva affermare con discreta certezza era che chiunque avesse gettato una testa mozzata in un bunker di un campo da golf voleva che fosse trovata.

Entrò nel parcheggio della chiesa. Era più o meno come se lo ricordava. L'edificio si ergeva vicino alle dune di sabbia, dietro il Burnham & Berrow Golf Club. Il cancello all'entrata era nuovo, così come il vialetto asfaltato che conduceva alla porta della chiesa, ma il sentiero che si trovava subito dopo gli era noto. Era una stretta striscia di sabbia in mezzo all'erba che attraversava il cimitero fino a un'apertura nel muretto, da cui si poteva accedere al campo da golf. Anche il grosso cartello giallo sul muro era una novità: ZERO PIOMBO SUL TETTO DI QUESTA CHIESA. La Croce di San Giorgio sventolava sull'asta in cima al campanile.

Dixon notò che il cimitero si era espanso oltre il vecchio muretto, anche se a giudicare dalle date sulle lapidi doveva essere successo parecchio tempo prima, a meno che non ve le avessero trasferite in un secondo momento. Anche il parcheggio era stato ampliato di recente, o forse lui non se n'era mai accorto.

Dixon fu accolto dall'agente Cole.

«Non eri di base a Cheddar?» gli chiese.

«Sì, signore, ma la domenica mattina, a quest'ora, ci sono io: quel che va fatto va fatto.»

Dixon si mise il cappotto. Monty scalpitava per scendere.

«Non ora, bello. Tra un po'.» Poi disse a Cole: «Alla dodicesima, giusto, agente?».

«Alla dodicesima, sì, signore. Nel bunker al margine del green. Segua il sentiero che attraversa il cimitero, passi nell'apertura nel muretto e poi vada a destra. Troverà l'agente Carroll.»

«La scientifica sta arrivando?»

«Sì, signore.»

«Qualcuno ha pensato a far annullare la funzione religiosa? È domenica mattina, dopotutto.»

«No, signore.»

«Meglio telefonare al vicario, allora. Il numero è sul cartello laggiù.»

«Ci penso io, signore.»

Dixon percorse il vialetto asfaltato che portava alla chiesa e poi continuò per il sentiero sabbioso. Lì notò una fila di macchioline scure che non aveva visto sulla parte asfaltata. Si spostò subito da un lato e tornò al parcheggio camminando sull'erba. L'agente Cole era al telefono con il vicario e gli stava comunicando che avrebbe dovuto cancellare la funzione.

Tornato sulla ghiaia del parcheggio, Dixon riuscì a individuare di nuovo la fila di macchioline scure. La seguì verso destra nella parte nuova del parcheggio. Le macchioline finivano vicino alla rastrelliera per le biciclette. Si guardò intorno. La zona era ben nascosta dalla strada.

Si rivolse all'agente Cole, che ormai aveva finito la telefonata. «Annullata?»

«Sì.»

«Voglio che questa parte del parcheggio e il sentiero che attraversa il cimitero vengano transennati. Sembra che ci sia una scia di sangue che inizia da qui, arriva al muretto e probabilmente prosegue anche oltre. La squadra della scientifica dovrebbe riuscire a trovare qualcosa fra i segni di pneumatici e le impronte di piedi.»

«Sì, signore.»

«Manda chiunque arrivi a destra.»

Dixon indicò un sentiero che portava a un cancello d'acciaio a cinque sbarre da cui si accedeva al campo da golf.

«Di' a tutti di andare a sinistra dopo quel cancello e poi di nuovo a sinistra fino al dodicesimo green.»

«Sì, signore.»

Dixon attraversò ancora una volta il cimitero evitando di camminare sul vialetto asfaltato e sul sentiero sabbioso. Oltre il muretto il sentiero si biforcava. Il ramo principale svoltava bruscamente a sinistra e costeggiava il camposanto. Era stata montata una nuova recinzione che correva parallelamente al muretto in pietra fino a incrociare il tratto di strada pubblica che attraversava il campo da golf e conduceva alla spiaggia. Ignorò quel tratto e imboccò quello di destra. Seguì la scia di sangue infilandosi in un'apertura della recinzione. Scorse il dodicesimo green alla sua destra e per arrivarci seguì il sentiero nella boscaglia. Una volta lì trovò l'agente Carroll, che stava parlando con un uomo in tuta da lavoro verde.

«Buongiorno, agente. Sono l'ispettore Dixon.»

«Agente Carroll, signore. Buongiorno. Questo è Michael Walker, uno dei giardinieri. L'ha trovata lui.»

«Buongiorno, signor Walker.»

Dixon fece un passo avanti e guardò nel bunker. Ringraziò con tutto il cuore di non aver avuto il tempo di fare colazione, anche se non si era mai reputato schizzinoso. Non fu la vista del sangue a sconvolgerlo, quanto piuttosto l'espressione sulla faccia di quella persona. Gli occhi erano enormi e sporgenti. La bocca era spalancata e la lingua di fuori. Era un'espressione che racchiudeva in un colpo solo stupore, shock e orrore allo stato puro. Era evidente che la vittima sapeva cosa stava accadendo.

Il bunker era di quelli che un golfista avrebbe definito un "profondo pot bunker". Era situato in fondo al dodicesimo green, alla sinistra della buca. Secondo i calcoli di Dixon doveva essere profondo circa un metro e venti.

Quando era arrivato sul campo da golf aveva perso la scia di sangue nell'erba alta, ma la ritrovò al margine del bunker. Ce n'era una quantità considerevole all'estremità destra, dove l'assassino doveva essersi fermato per un attimo prima di gettare dentro la testa mozzata. Una seconda e più consistente scia di sangue attraversava il campo da golf e andava verso la spiaggia.

Sembrava che la testa avesse urtato il bordo del bunker e poi fosse rotolata sul fondo. Era girata su un lato e rivolta verso Dixon. Sotto di essa c'era una grossa chiazza scura di sabbia insanguinata.

La testa era stata recisa all'altezza delle spalle, il che faceva apparire il collo della vittima molto lungo. Sembrava un taglio netto. Apparteneva a una donna con i capelli lunghi e grigi, che secondo Dixon doveva avere tra i sessantacinque e i settantacinque anni. Ma era l'espressione sul suo volto che di certo gli sarebbe rimasta impressa nella memoria.

Si voltò verso l'agente Carroll.

«La scientifica sta arrivando. Voglio che questo bunker sia transennato e che nessuno si avvicini finché la squadra non sarà qui. È chiaro?»

«Sì, signore.»

Poi si voltò verso il giardiniere.

«Quando l'ha trovata?»

«Circa un'ora fa. Ero qui a rastrellare i bunker per la gara mensile.»

«La gara mensile? C'è un torneo stamattina?»

«Sì.»

«A che ora inizia?»

«Alle sette e mezzo.»

Dixon guardò l'orologio. Erano quasi le otto.

«Intervalli di dieci minuti?»

«Sì.»

«Il che vuol dire quattro gruppi già sul percorso e un altro in partenza dal tee. Qualcuno ha telefonato al club per interrompere la gara?»

«Non potete farlo» protestò Walker.

«Non c'è alternativa, purtroppo. Questa è la scena di un crimine e il campo è chiuso.»

«Meglio che vada al circolo ad avvisare» disse Walker.

«Lei rimanga dov'è. Ci servirà una sua dichiarazione formale prima che vada.»

Dixon prese il cellulare e chiamò Jane.

«Dove sei?»

«Su Berrow Road.»

«Ho un compito per te. Conosci il Burnham & Berrow Golf Club?»

«Sì. Su St. Christopher Way.»

«La competizione mensile è iniziata alle sette e mezzo e dobbiamo interromperla. La piccola costruzione a sinistra del corpo principale del circolo è il Pro-Shop. Vai lì e di' al responsabile, non mi ricordo il nome, di interrompere la gara. Okay?»

«Vado.»

«Devono anche mandare qualcuno sul campo con un cart per avvisare i giocatori che hanno già iniziato.»

«Ricevuto.»

«Se qualcuno fa storie, e mi aspetto che succederà, mandalo da me.»

«Ci puoi contare.»

Riagganciò, poi sentì gracchiare la radio dell'agente Carroll.

«La scientifica è qui, signore.»

Dixon tornò al parcheggio, che adesso brulicava di attività. C'erano tre volanti, un'ambulanza e due furgoncini bianchi con la scritta SERVIZIO DI POLIZIA SCIENTIFICA. Il parcheggio aggiuntivo e il sentiero che attraversava il cimitero erano stati delimitati con il nastro blu. L'agente Cole almeno aveva capito cosa doveva fare.

Dixon vide il capo della scientifica, Donald Watson, istruire i suoi agenti affinché si concentrassero sul nuovo parcheggio e sul sentiero del cimitero. Stavano già scattando le fotografie, ed essendo ancora così buio dovevano usare il flash.

Watson lo raggiunse.

«Dov'è, allora?»

«Segui il sentiero oltre il cancello a cinque sbarre e continua sulla sinistra. Ti troverai davanti il dodicesimo green. È nel bunker in fondo» rispose Dixon indicando a destra.

Trovava curioso non essersi riferito alla testa recisa come alla "vittima". Se si fosse trattato di un corpo, maschile o femminile che fosse, non avrebbe avuto problemi a farlo. Era l'affronto finale, probabilmente, come se quella donna non avesse già sofferto abbastanza.

Watson e gli altri uomini della scientifica si avviarono verso il dodicesimo green.

Dixon fece un cenno all'agente Cole.

«Fai sorvolare la zona da un elicottero con la telecamera a rilevamento termico, d'accordo? Se qualcuno ti crea problemi, fammelo sapere.»

«Cosa devono cercare, signore?»

«Devo forse farti un disegno?»

«No, signore.»

Il cellulare di Dixon si mise a squillare.

«Che succede, Jane?»

«Il segretario del circolo non è molto contento. Sta venendo da te con una golf cart.»

«Hanno interrotto la gara?»

«Sì, ma si è scatenato il finimondo. A quanto pare, l'attuale commissario capo della polizia locale è uno dei giocatori.»

«Ormai non più. Ben fatto. Adesso raggiungimi più in fretta che puoi.»

Dixon tornò al green. Il bunker era già stato coperto con un grosso telone e lui vide scattare i flash mentre si avvicinava. Sentì di sfuggita l'agente Carroll che parlava con uno dei tecnici della scientifica.

«Datemi un ferro da sabbia e ve la tiro fuori io.»

«Un altro commento del genere, agente, e ti ritroverai in guai seri. Porta rispetto.»

«Sì, signore. Scusi, signore.»

Dixon indicò la scia di macchie di sangue che andava verso il tredicesimo fairway e la spiaggia.

«Segui quella pista e vedi dove porta.»

«Sì, signore.»

«Strano posto per nascondere una testa, Nick» gli disse Watson.

«Guardati intorno. Cosa vedi?»

«Cespugli.»

«Non solo cespugli. Fitta boscaglia. Se volessi nascondere una testa mozzata la getteresti là in mezzo, non credi? Questa non è stata nascosta. È stata messa qui perché la trovassimo.»

Il capo della scientifica annuì e poi sparì sotto la tenda.

Dixon sentì passare l'elicottero sopra di sé. Si girò verso l'agente Cole, che lo aveva raggiunto sul green, e indicò in alto con un cenno del capo.

«Mettimi in contatto con il pilota via radio, d'accordo?»

In quel momento vide Jane camminare sul dodicesimo fairway diretta al green. Le fece segno di raggiungerlo.

«Il segretario non si è ancora fatto vivo» disse.

«Prima doveva allontanare i giocatori dal campo.»

«Peccato. Pensavo che avesse cambiato idea.»

Jane indicò la tenda.

«È là dentro?»

Ancora una volta innominata, pensò Dixon.

«Sì, ma non è una bella scena.»

«Stai di nuovo cercando di proteggermi?»

«Niente affatto, Jane. Sei un agente investigativo, devi vederla. Darei lo stesso avvertimento a chiunque, la domenica mattina a quest'ora.»

«Bene.»

«Secondo i miei calcoli si tratta di una donna fra i sessantacinque e i settantacinque anni. Dimmi tu cosa ne pensi.»

L'agente Cole li interruppe.

«Ho il collegamento con l'elicottero, signore.»

Passò la radio a Dixon.

«Abbiamo una testa recisa in un bunker. Il che significa che da qualche parte dev'esserci un corpo. Potrebbe essere ancora caldo, perciò vedete se riuscite a trovare qualcosa con le telecamere termiche. Okay? Controllate anche la spiaggia.»

«Ricevuto.»

Dixon odiava il "linguaggio radio". Vide l'elicottero virare verso l'estremità del campo da golf. Subito dopo, purtroppo, vide anche avvicinarsi una golf cart. D'istinto si raddrizzò la cravatta mentre girava intorno al dodicesimo green e s'incamminava sul fairway per andarle incontro con l'intenzione di intercettarla.

La golf cart si fermò davanti a lui con uno stridio.

«Cerco l'ispettore Dixon.»

«Eccolo.»

«Sono Paul Durkin. Il segretario del club. Abbiamo dovuto posticipare l'inizio della gara e ora ho circa cento golfisti che aspettano di cominciare.»

«Cancellare sarebbe il termine più appropriato, temo, signor Durkin. Il campo è chiuso.»

«Chiuso?»

«Sì, e lo rimarrà almeno fino a stasera.»

«Il commissario capo avrà senz'altro da ridire. Deve partire dal tee alle 10.30.»

«Le assicuro che avrebbe ancora di più da ridire se non chiudessi il campo. Pertanto suggerirei di avvisare per telefono tutti i giocatori che non sono ancora arrivati, e magari sarebbe sensato anche mandare tutti gli altri a casa.»

«È una vergogna. Che mai può essere successo?»

«Meglio per lei che io non sia troppo specifico in questo momento. Le basti sapere che è stato commesso un omicidio e il bunker che vede laggiù è la scena di un crimine.»

«Oh, mio Dio. C'è il corpo lì?»

«Non posso dirglielo, ma le sarei grato se cancellasse la gara e mandasse subito tutti a casa.»

«Sì, certo. Certo. L'agente Winter non mi aveva detto che si trattava di un omicidio.»

Era pallido come un lenzuolo quando risalì sulla golf cart e riprese il vialetto diretto al tredicesimo tee.

Dixon attraversò il green per andare incontro a Jane, che stranamente non sembrava affatto turbata dall'esperienza nella tenda.

«Devi avere lo stomaco più forte del mio» osservò.

«Hai rimesso la colazione?» gli chiese lei con un sorriso.

«L'avrei fatto, se avessi mangiato qualcosa.»

Dixon indicò Michael Walker.

«Jane, quello è il giardiniere. L'ha trovata lui stamattina. Fatti rilasciare una dichiarazione dettagliata, va bene? Normale procedura. Potete sedervi in chiesa. È aperta, credo.»

«D'accordo.»

«È arrivato l'ispettore capo Lewis, signore. Ci sta raggiungendo» gridò l'agente Cole.

Dixon si rivolse di nuovo a Jane.

«Ci mancava solo questo!»

Lewis avanzava sul dodicesimo fairway verso il green.

«Scopri dov'è il medico legale. Ormai dovrebbe essere arrivato» disse poi a Cole.

«Sì, signore.»

Dixon incontrò l'ispettore Lewis al margine del green.

«Cosa abbiamo allora, Nick?»

«Una testa recisa nel bunker, signore. Il medico legale sta arrivando e ho mandato l'elicottero a cercare il resto del corpo con le telecamere termiche.»

«Bene.»

«Una scia di sangue attraversa il campo da golf e va verso la spiaggia, perciò è possibile che l'assassino abbia trasportato la testa per il campo. C'è una pozza di sangue vicino al bordo del bunker, nel punto in cui dev'essersi fermato prima di gettarla dentro.»

Lewis annuì.

«Una scia più piccola porta poi al nuovo parcheggio, quindi mi viene da pensare che l'assassino abbia lasciato la sua auto lì.»

«Qualcuno sta controllando la spiaggia?»

«Ho chiesto all'elicottero di dare un'occhiata e ho detto a un agente di seguire il sentiero per vedere dove porta.»

«Bene.»

«Mi sembra che si tratti di una donna tra i sessantacinque e i settantacinque anni, ma aspetto la conferma del dottor Poland. Ho fatto cancellare la funzione religiosa e ho anche annullato il torneo di golf appena iniziato.»

«Tutto liscio, scommetto.»

«È scoppiato un piccolo pandemonio. A quanto pare l'attuale commissario capo della polizia partecipava al torneo.»

«Sarai ben visto da tutti.»

L'agente Cole li interruppe.

«Il vicario è qui, signore, vuole sapere se può essere d'aiuto in qualche modo.»

«Digli che andrò a fare quattro chiacchiere con lui tra un minuto.» Poi tornò a rivolgersi all'ispettore capo Lewis. «Non è una bella scena, temo, signore.»

«Non ti preoccupare, Nick, ci sono abituato.»

Dixon tornò al parcheggio della chiesa per incontrare il vicario, che si presentò come il reverendo Stephen Bessent. Lo ringraziò per l'interesse e gli disse educatamente, senza scendere troppo nei particolari, che in quel momento non poteva essere di alcun aiuto. Gli spiegò che difficilmente sarebbe riuscito a riconoscere la vittima, anche se fosse stata una sua parrocchiana. Il vicario confermò che non aveva ricevuto denunce di persone scomparse. Chiese se doveva cancellare anche i vespri delle 18.00 e lui gli disse di sì.

Poi Dixon si voltò e vide il dottor Roger Poland, l'anatomopatologo del Musgrove Park Hospital, svoltare nel parcheggio. Si erano conosciuti solo poche settimane prima sul South Drain, alla stazione di pompaggio di Gold Corner, quando il medico gli aveva proposto di andare a bere qualcosa insieme.

Poland parcheggiò l'auto e gli andò incontro.

«Ciao, Nick. Ho saputo che hai passato un brutto quarto d'ora al Clarence.»

«Diciamo che è stato interessante.»

«Non aggiungere altro. Cos'abbiamo qui?»

«Una testa mozzata in un bunker alla fine del dodicesimo green. Mi sembra una donna anziana. Nessuno è ancora entrato nel bunker, perciò è tutto tuo.»

«Che gioia, fammi strada.»

Dixon ripercorse il green con il dottor Poland, che scomparve dentro la tenda per iniziare a esaminare la testa. Per farlo, ovviamente, avrebbe dovuto mettere i piedi nella sabbia, ma i tecnici della scientifica ormai avevano finito di ispezionare e fotografare il bunker. Dixon decise di lasciare il medico al suo lavoro.

Cinque minuti dopo, Poland riemerse.

«Ho finito l'esame preliminare. Hai ragione, si tratta di una donna bianca di circa settant'anni. La testa è stata recisa con un taglio netto all'altezza delle spalle, probabilmente eseguito con una lama elettrica, e ci sono segni di costrizione intorno al collo. La mia ipotesi, ma è solo un'ipotesi per ora, è che fosse già morta quando è stata decapitata.»

«Già morta?» chiese Dixon.

«Sì, ma mi servirà il resto del corpo per confermarlo.»

«Hai idea di quando può essere deceduta?»

«Stanotte o nelle prime ore del mattino. Se l'elicottero cerca tracce di calore, sta solo perdendo tempo.»

Dixon si rivolse all'agente Cole.

«Comunica all'elicottero che può andarsene. E chiedi agli agenti di controllare la spiaggia.»

«Bene, se non c'è altro, ora devo proprio portare quella testa in ospedale» disse Poland.

«Sì, va bene.»

Due addetti dell'obitorio in tuta bianca comparvero con quello che a Dixon sembrava un grosso frigo da picnic nero.

L'ispettore capo Lewis era uscito dalla tenda e aveva seguito la loro conversazione.

«Ti serve altro, Nick?»

«Qualche agente che cominci a fare domande porta a porta nella zona, signore. Potrebbe essere utile anche un cane da fiuto per seguire quelle tracce di sangue e vedere dove portano.»

«Buona idea. Organizzo tutto e ci vediamo dopo a Bridgwater.»

«Sì, signore, grazie.»

Dixon guardò gli addetti dell'obitorio che uscivano dalla tenda con la testa nel frigo da picnic nero. Si sentì un po' sollevato al pensiero che la sofferenza di quella donna, perché era chiaro che aveva sofferto, fosse finita. Non era mai stato religioso, ma era contento che ci fosse una chiesa lì vicino in quel particolare momento.

Dixon si voltò e vide Jane correre sul fairway verso di lui. Arrivò quasi senza fiato.

«Ci hanno segnalato un'auto incendiata sulla spiaggia e sul sedile del guidatore c'è un corpo. Senza testa. È vicino al vecchio relitto.»

«Il dottor Poland è già partito?»

«No. E nemmeno l'ispettore capo Lewis.»

Corsero al parcheggio. Poland e Lewis erano pronti ad andare, perciò Dixon e Jane saltarono sull'auto di Jane e si diressero alla spiaggia, seguiti dal dottore e dall'ispettore capo nelle rispettive auto. Usciti dal parcheggio della chiesa, girarono a sinistra su Coast Road e proseguirono finché non videro la svolta a sinistra per la spiaggia. All'arrivo furono accolti da un agente di polizia che tolse il nastro blu, consentendo al convoglio di veicoli di passare.

Il solido cancello d'acciaio a cinque sbarre all'entrata della spiaggia era sempre aperto in quel periodo dell'anno. Veniva chiuso solo nei mesi estivi, per consentire al comune di spillare alla gente quattro sterline per il privilegio di parcheggiare vicino al mare.

Percorsero la strada asfaltata che portava direttamente alla spiaggia, superarono il *Sundowner Café*, passarono in mezzo alle dune e sbucarono sulle piane di Berrow. La marea era bassa e si vedeva un'enorme distesa di sabbia. Dixon scorse il promontorio del Brean Down a nord e la centrale elettrica di Hinkley Point dall'altra parte dell'estuario.

Un agente sulla spiaggia segnalò di andare a sud. Jane girò a sinistra e proseguì verso un veicolo parcheggiato in lontananza.

«Stiamo tornando verso il campo da golf» osservò Dixon.

Quando arrivarono, trovarono i resti di quella che sembrava una Fiat Uno rossa. Era parcheggiata con il cofano rivolto verso il mare, a poca distanza dal relitto del piroscafo *Nornen*. Data la bassa marea, dalla sabbia emergeva lo scheletro della vecchia nave. Le ordinate dello scafo svettavano verso il cielo e a Dixon ricordavano le costole di una carcassa in decomposizione.

L'ispettore guardò verso l'entroterra. A una cinquantina di metri da lì c'era un sentiero che portava al campo da golf attraverso un'apertura nelle dune.

«Di' a qualcuno di seguire quel sentiero, Jane. Dovrebbe incontrare l'agente Carroll che arriva dal senso opposto.»

«Dove porta?»

«Dritto alla chiesa attraverso il campo da golf.»

Dixon scese dall'auto di Jane e girò intorno alla Fiat Uno. L'abitacolo era stato quasi interamente distrutto dal fuoco, ma il motore era intatto. Chiaramente non si trattava di un incendio del motore che poi era dilagato. Notò che la targa posteriore era ancora integra. Salvata dalla pioggia, senza dubbio. Sarebbero riusciti a rintracciare il veicolo e, se tutto andava bene, a identificarne il proprietario, sempre che qualcuno non lo avesse già fatto.

Scorse anche un corpo carbonizzato sul sedile del guidatore. Era proteso in avanti, appoggiato al volante e senza testa.

Di nuovo, solo un pezzo.

Dixon aprì la portiera del passeggero dell'auto di Jane e si sporse nell'abitacolo.

«Fai venire qui Watson e la sua squadra il prima possibile. Dobbiamo muoverci prima che salga la marea, perciò questo deve avere la massima priorità.»

«Sì, signore.»

«Di' loro di non preoccuparsi troppo di cercare tracce di pneumatici.»

«Perché no?»

«Sono state spazzate via dalla marea stamattina. Guarda.»

Dixon vide l'ispettore capo Lewis parcheggiare dietro l'auto di Jane. Poi si sporse di nuovo dentro l'auto dalla portiera aperta.

«E scopri a che ora è prevista l'alta marea.»

«Okay.»

Si girò verso Lewis, che parlò per primo.

«Tra un po' avremo giornalisti dappertutto. Chiamerò l'addetta stampa. Farà lei da tramite. Quei bastardi ci andranno a nozze.»

«Come sempre, no?»

«Decideremo più tardi cosa divulgare esattamente. Okay?»

«Sì, signore.»

Dixon si avvicinò alla poliziotta che stava in piedi vicino alla macchina bruciata.

«E tu sei?»

«Agente Willmott, signore.»

«Chi l'ha trovata?»

«Una certa Diane Weller. Era a spasso con il cane. Ho il suo indirizzo.»

«L'hai lasciata andare?»

«Sì, signore. Era parecchio sconvolta. Vive in zona, però, e sarà pronta a parlare con lei quando sarà necessario.»

«Hai controllato il numero di targa?»

«Sì.»

L'agente Willmott tirò fuori il taccuino.

«L'auto è registrata a nome di Valerie Manning, residente al numero 7 di Manor Drive, Berrow.»

«È proprio di fronte alla chiesa, no?»

«Sì, signore. Una traversa di Manor Way.»

Dixon si rivolse a Jane.

«Sai cosa fare.»

«Sì, signore.»

La collega si diresse di nuovo alla sua auto, si sedette al posto di guida e prese la radio.

Dixon tornò a parlare con l'agente Willmott.

«Ci servirà un carro attrezzi per recuperare questo veicolo quando il medico legale avrà finito. Puoi procurartelo tu, agente?»

«Sì, signore.»

«Per il resto mi rimetto a te, Roger.»

Roger Poland stava guardando attraverso il finestrino del guidatore della Fiat Uno.

«Il corpo è molto bruciato, purtroppo, e c'è un forte odore di benzina. Mi sembra di vedere una ferita da arma da taglio sotto la scapola sinistra. Potrebbe essere stata quella a ucciderla, ma dipende dalla profondità. Non lo saprò con certezza finché non eseguirò l'autopsia. Cercherò di fare il più in fretta possibile.»

«Grazie, Roger. Ti lascio lavorare.»

L'ispettore capo Lewis chiamò Dixon da lontano.

«Ho parlato con l'addetta stampa. Ha già i giornalisti alle costole, perciò terrà una conferenza stampa alle sei di oggi pomeriggio, okay?»

«Se è proprio necessario, signore.»

«E Dave Harding e Mark Pearce stanno venendo a darti una mano.»

«Grazie.»

Lewis lo salutò con la mano, montò in macchina e se ne andò passando dalla spiaggia. Dixon salì sull'auto di Jane dal lato del passeggero.

«Allora?»

«Valerie Manning. Sessantotto anni. Sposata con Peter. Residente al numero 7 di Manor Drive. Dalle liste elettorali pare che ci sia un figlio adulto che vive ancora in casa con loro. Nessuno dei tre è noto alla polizia.»

«Bene. Dave Harding e Mark Pearce saranno qui a momenti, perciò li aspetteremo e poi andremo a bussare alla porta dei Manning per vedere cosa scopriamo.»

«Okay.»

«Vedi anche se riesci a trovare un agente che faccia da mediatore con la famiglia, non si sa mai.»

Jane annuì e prese la radio.

«Dio solo sa come faremo con il riconoscimento» commentò Dixon.

# Capitolo 2

A metà pomeriggio gli esami della scientifica su entrambe le scene erano stati in gran parte completati. La Fiat Uno bruciata era stata recuperata dalla spiaggia appena prima che l'alta marea la raggiungesse e il bunker della dodicesima buca era stato svuotato dalla sabbia. In quel momento gli agenti stavano setacciando meticolosamente il parcheggio della chiesa e il sentiero che attraversava il campo da golf, ma presto avrebbe fatto buio, perciò sarebbe stato necessario un secondo giorno di ricerche. Stavano anche svolgendo delle indagini porta a porta in tutta la zona, a eccezione di Manor Drive.

Valerie Manning adesso era nell'obitorio del Musgrove Park Hospital, in attesa dell'autopsia. Dixon non sapeva se la testa si fosse ricongiunta al corpo o viceversa, ma in ogni caso molto presto quella donna avrebbe potuto riposare in pace.

Il segretario del golf club, Paul Durkin, aveva recuperato il suo contegno ed era giustamente indignato perché il circolo sarebbe rimasto chiuso per un altro giorno. Era altrettanto preoccupato per il fatto che il bunker era stato svuotato e sarebbe stato segnalato come "terreno in riparazione" finché non fosse stato riempito di nuovo. Dixon non riusciva a capire perché facesse tante storie, visto che nelle vicinanze la sabbia non scarseggiava di certo.

Era riuscito a mangiare un boccone al volo nella sua Land Rover con Monty e a portare il cane a fare una passeggiatina sulla spiaggia. Ora aspettava che arrivasse il mediatore familiare per bussare al numero 7 di Manor Drive. Le indagini porta a porta nelle altre proprietà di quella strada sarebbero iniziate nello stesso momento.

Il mediatore arrivò poco dopo le quattro del pomeriggio. Si trattava del sergente Karen Marsden: era sulla quarantina e aveva i capelli biondi ossigenati. Indossava dei pantaloni scuri e un top color panna sotto una giacca blu scuro. A Dixon sembrava insolito vedere un sergente di polizia senza divisa, ma il ruolo di mediatore familiare senza dubbio richiedeva un approccio meno formale.

Bussarono al numero 7 di Manor Drive appena dopo le quattro. Era una grande casa di mattoni rossi con annesso un doppio garage. Dixon era lieto che Karen Marsden avesse acconsentito a introdurre la questione, ma di certo anche a lui sarebbe toccato fare delle domande difficili.

Ad aprire la porta si presentò un omone sulla settantina. Aveva i capelli radi e portava degli occhiali di corno scuro. Era vestito in modo informale, indossava una camicia con il colletto aperto, un cardigan e dei pantaloni scuri di velluto a coste.

Karen Marsden parlò per prima.

«Stiamo cercando il signor Peter Manning.»

«Sono io.»

L'uomo sembrava sospettoso, ma come lo sarebbe stato chiunque si fosse trovato tre persone sulla porta alle quattro di una domenica pomeriggio. Dixon non ci vide niente di strano.

«Sono il sergente Karen Marsden. Questi sono l'ispettore Nick Dixon e l'agente investigativo Jane Winter. Vorremmo scambiare due parole con lei, se è possibile, signor Manning.»

«Non è per Simon, vero?»

«No, signore. Possiamo entrare?»

«Sì, certo.»

Peter Manning si fece da parte per lasciar passare gli ospiti. Dixon guardò a destra prima di entrare e vide che gli agenti di polizia stavano bussando alle altre case di Manor Drive per proseguire nelle indagini porta a porta.

«Accomodatevi in salotto» disse Manning, indicando una porta aperta vicino alla base delle scale. «Prego, sedetevi.»

Karen Marsden e Jane si sedettero sul divano davanti al camino. Dixon si mise sulla poltrona alla loro destra. Il padrone di casa rimase in piedi, di spalle al fuoco. Si rivolse a Dixon.

«Posso rivedere i vostri distintivi? Non li ho guardati bene sulla porta.»

«Certo» rispose lui prendendo il suo dalla tasca interna della giacca. Karen Marsden e Jane tirarono fuori i loro dalle borse e li passarono a Peter Manning. L'uomo li guardò con attenzione e poi li restituì.

«Cosa posso fare per voi?»

«Quando è stata l'ultima volta che ha visto sua moglie, signor Manning?» chiese Karen Marsden.

«Ieri. È andata a teatro con delle amiche, a Bristol.»

«E non l'ha più vista da allora?»

«No.»

«Ha una sua fotografia?»

«Sì, certo.» Manning si voltò e prese una fotografia dalla mensola del caminetto. La passò a Karen Marsden, che la guardò e poi la porse a Dixon. Era una foto di Valerie Manning con in braccio uno yorkshire terrier. Dixon lanciò un'occhiata a Jane e annuì prima di riconsegnarla alla Marsden.

«È insolito che la signora Manning passi la notte fuori?» continuò Karen.

«No, non è insolito. Perché, c'è qualche problema?»

«C'è qualcun altro che vive qui con lei?»

«Il nostro figlio maggiore, in via temporanea. Sta divorziando, purtroppo.»

«Sarebbe Simon?»

«Sì.»

«È qui adesso?»

«No, oggi ha portato fuori i figli. Riesce a vederli solo ogni quindici giorni.»

«C'è qualcun altro che può chiamare, perché venga a tenerle compagnia?»

«Ora cominciate a farmi preoccupare. Ci sono mia figlia e mio genero. Vivono a Edithmead.»

«Potrebbe chiamarli e farli venire qui?»

«Sì, sì, certo. Cos'è successo a Val, santo cielo?»

«Mi duole doverglielo dire, signor Manning, ma abbiamo ritrovato un corpo e abbiamo motivo di credere che si tratti di sua moglie» disse Karen Marsden.

«Un corpo? Volete dire che è morta?»

«Sì, temo proprio di sì.»

Dixon aveva smesso da tempo di cercare di interpretare le reazioni delle persone che venivano informate della morte di uno dei loro cari. Giungeva sempre a conclusioni diverse da quelle dei suoi colleghi: la gente reagiva nei modi più disparati. Detto ciò, era la prima volta, a quanto ricordava, che un uomo reagiva alla notizia della morte della moglie con un sorriso sardonico e una scrollata di spalle. Dixon guardò prima Jane e poi Karen Marsden. Era chiaro che anche loro trovavano strana la reazione di Manning.

Karen restituì la fotografia a Peter Manning. Lui la guardò, si sedette su una sedia accanto al tavolino del telefono vicino alla finestra principale del numero 7 di Manor Drive, si prese la testa fra le mani e cominciò a singhiozzare. Impiegò diversi minuti a ricomporsi.

Fu Dixon a riprendere la parola.

«Sono un tantino confuso, signor Manning…»

L'uomo si asciugò le lacrime.

«Forse dovrei spiegarvi. Io e Val abbiamo avuto una relazione felice per un po' di tempo. Le nostre strade avrebbero dovuto separarsi molto tempo fa, ma non riusciamo a vendere questa maledetta casa, per colpa della crisi. Non si vende niente. Non a un prezzo ragionevole, almeno. Perciò siamo bloccati qui. Intrappolati insieme, potremmo dire.»

«E perché piange?»

«Per i vecchi tempi. Eravamo uniti una volta.»

«Quindi conducete vite separate?»

«Del tutto separate.»

«Avete avviato le pratiche per il divorzio?»

«Lei ha presentato istanza di divorzio, ma non abbiamo ancora ottenuto la sentenza definitiva.»

«Dev'essere difficile vivere sotto lo stesso tetto.»

«Lo è stato. Ma ormai ci siamo abituati. O forse rassegnati è la parola più adatta. Almeno adesso riusciamo a sopportarci.»

«Dov'era ieri tra le undici di sera e le due del mattino?»

«Qui con Simon. Un attimo, ma che diavolo è successo?»

«Signor Manning, mi spiace doverle dire che sua moglie è stata assassinata.»

«Assassinata?»

«Sì. Dovrà fornirci un resoconto dettagliato dei suoi spostamenti di questa notte. Dovremo anche parlare con Simon. Ha il numero del suo cellulare?»

«Sì, certo. Ma è con i suoi figli.»

Jane annotò il numero del cellulare di Simon Manning e poi lasciò la stanza per andare a telefonargli. Karen Marsden colse l'occasione per preparare del tè. Quando rimasero soli, Peter Manning si rivolse a Dixon.

«Com'è morta?»

«Non lo sappiamo ancora con esattezza, purtroppo. L'autopsia verrà eseguita più tardi o al massimo domani mattina, ma per il momento sembra che sia stata accoltellata.»

«Ha sofferto?»

«No» mentì Dixon.

«Sono un sospettato?»

«Deve ammettere che ci ha appena dato un valido motivo per sospettare di lei.»

Jane comparve sulla porta.

«Simon sta tornando dallo zoo di Bristol. Dave e Mark lo incontreranno a casa dell'ex moglie.»

«Bene, Jane. Grazie.»

Karen Marsden ritornò con il tè per tutti.

«Posso telefonare a mia figlia adesso?» chiese Manning.

«Non ancora. Ci servirà una dichiarazione dettagliata, signor Manning, se non le dispiace venire con noi alla centrale» replicò Dixon.

«Certo. Voglio collaborare. Non ho nulla da nascondere.»

«In tal caso, le sta bene se perquisiamo la casa?»

«Sono sicuro che non vi serva il mio permesso.»

«No, in effetti non ci serve.»

La stazione di polizia di Burnham-on-Sea, solitamente chiusa nel weekend, era ora la centrale operativa delle indagini. Questo significava che Karen Marsden e Jane avrebbero potuto usare la grande stanza per gli interrogatori per raccogliere la testimonianza di Peter Manning anziché andare fino a Bridgwater. Dixon ricordò a Jane che Manning non era in arresto. Era un parente in lutto che aiutava la polizia nelle indagini e bisognava trattarlo con tutta la cortesia del caso, almeno fino a prova contraria. Una scrollata di spalle alla notizia della morte della moglie e le pratiche per il divorzio in corso non potevano essere considerate prove di un omicidio.

Dixon tornò alla stazione di polizia di Bridgwater per incontrare l'ispettore capo Lewis e l'addetta stampa. L'incontro con i giornalisti era previsto per le sei del pomeriggio. Non aveva mai incontrato l'addetta stampa, dato che era stato fatto tutto il possibile per tenere lontano dai giornali il suo ultimo caso.

Era raro che Dixon trovasse qualcuno antipatico a pelle. Di solito aspettava che le persone gli dessero un buon motivo per essere considerate irritanti. Prima di allora gli era capitato solo in due o tre occasioni, e il suo giudizio iniziale si era sempre rivelato corretto. Prima che Lewis gliela presentasse, Dixon aveva già deciso che l'addetta stampa non gli piaceva, anche se non sapeva ancora bene perché fosse giunto a quella conclusione. Era una donna sulla cinquantina, bionda, con i capelli lunghi e lisci e i lineamenti spigolosi. Indossava un tailleur gessato e una camicetta bianca.

«Grazie a Dio siamo riusciti a tenere lontano dai giornali il suo ultimo fiasco» esordì Vicky Thomas dopo che l'ispettore capo ebbe fatto le presentazioni.

«Vedo che io e lei faremo scintille insieme» ribatté Dixon.

«Concentriamoci sul caso in corso, d'accordo? Cosa possiamo dire ai giornalisti?» si intromise Lewis.

«Che la vittima è stata decapitata, credo. È inevitabile che la notizia trapeli dal golf club. Per il resto, non c'è stata nessuna identificazione ufficiale, anche se la famiglia è stata informata» replicò Dixon.

«Qualcos'altro?»

«Che l'omicidio è avvenuto fra le undici di ieri sera e le due di questa mattina. I resti carbonizzati del corpo sono stati ritrovati in un'auto incendiata sulla spiaggia di Berrow da una donna che portava a spasso il cane, mentre la testa è stata scoperta da uno dei giardinieri in un bunker del Burnham & Berrow Golf Club.»

Sia Lewis sia Vicky Thomas prendevano appunti. Dixon continuò.

«E che la vittima è un'anziana bianca, di circa settant'anni. Un esame approfondito della scena del crimine verrà effettuato domani e sono già in corso le indagini porta a porta.»

«Non avete messo sotto custodia il marito?» chiese Vicky Thomas.

«Le notizie viaggiano in fretta. No. Lui non è in arresto. Ci sta aiutando nelle indagini in questa fase e non credo proprio che dovremmo divulgare informazioni che consentirebbero di identificare la famiglia.»

«Concordo» disse l'ispettore capo Lewis. «Non vogliamo certo che si ripeta il casino di Bristol.»

Dixon lanciò un'occhiata a Vicky Thomas. La donna si stava guardando le scarpe.

«Infine, una richiesta di informazioni» disse Dixon. «Chiunque abbia visto qualcosa di insolito nei pressi della chiesa di Berrow, della spiaggia e lungo Coast Road sabato o nelle prime ore di domenica mattina è pregato di mettersi in contatto con la centrale operativa eccetera eccetera.»

«Tu sarai presente?» gli chiese Lewis.

«Sì, se dovrò, signore.»

«Io credo che sarebbe il caso» intervenne Vicky Thomas.

Il telefono di Dixon iniziò a squillargli in tasca. Guardò il numero.

«Meglio che risponda» disse alzandosi e uscendo dalla stanza. «Eccomi, Roger.»

«Nick, sto per iniziare l'autopsia. Puoi venire? Si preannuncia molto interessante.»

«Sì, arrivo.»

«Sai dove siamo?»

«Sì.»

«Parcheggia accanto alla mia auto. Non ti faranno la multa di domenica. Vedrai una porta verde. Suona il campanello e qualcuno verrà a prenderti.»

«Sarò lì fra venti minuti. E grazie, Roger. Un tempismo perfetto.»

Dixon si fermò sulla porta dell'ufficio dell'ispettore capo Lewis.

«Era Roger Poland. Sta per cominciare l'autopsia e pensa che sarebbe utile che lo raggiungessi.»

«Utilissimo» commentò Vicky Thomas.

«Eh, già. Ci vediamo domani, signore» disse lui, rivolgendosi all'ispettore capo Lewis.

L'autopsia era già iniziata da un pezzo quando Dixon arrivò al Musgrove Park Hospital. Aveva guidato piano nella speranza che Poland cominciasse senza di lui e a quanto pareva il suo piano aveva funzionato. Aveva suonato il campanello e uno dei tecnici che aveva visto prima con il frigo nero da picnic lo aveva fatto entrare. Lo aveva accompagnato in un'anticamera adiacente al laboratorio dell'anatomopatologo e dalle vetrate Dixon aveva constatato che Roger Poland era già in piena attività, con il dittafono in mano. Valerie Manning era distesa sul tavolo.

Vide il tecnico dell'obitorio entrare nel laboratorio e parlare con il dottor Poland, e un attimo dopo l'interfono si mise in funzione.

«Non startene lì. Entra. Altrimenti non vedrai nulla.»

Dixon ringraziò di non aver mangiato granché per tutto il giorno. All'ora di pranzo Monty aveva spazzolato metà del suo panino e da allora aveva tirato avanti con delle caramelle medicinali alla frutta. Quando andava bene, avere il diabete era solo una rottura, ma tenere alto il livello di zuccheri nel sangue nei giorni in cui non aveva il tempo di mangiare era sempre difficile. Per fortuna gli capitava di rado. Quel giorno, tuttavia, si era rivelato un vantaggio. Prese un bel respiro ed entrò nel laboratorio.

«Cos'hai scoperto, allora, Roger?»

«Un bel po' di cose, in effetti» rispose Poland. «Guarda questo, innanzitutto.»

Il medico indicò il collo di Valerie Manning. Dixon avanzò di un passo. La vista che si trovò davanti gli mozzò il fiato. Si fermò, chiuse gli occhi e respirò profondamente.

«Disgustoso, eh?»

«Quanto basta» ribatté lui.

Gli occhi e la bocca di Valerie Manning adesso erano chiusi, il che le donava una certa serenità. La testa era stata collocata sul tavolo nella giusta posizione rispetto al corpo e la donna aveva ripreso delle sembianze quasi umane. Il corpo bruciacchiato e annerito era in netto contrasto con la testa e il collo bianchi. Anche gli stinchi e i piedi erano bianchi, essendo chiaramente scampati alle fiamme. Perlomeno sembrava in pace, si disse di nuovo, e Dixon fu lieto di potersi riferire a lei come a una donna e non come a un oggetto. Si ricompose in fretta.

«Che cosa devo guardare?»

Fu solo in quel momento che sentì l'odore. Carne bruciata e benzina. Si voltò di scatto e andò verso la finestra. Era chiusa.

«Tracey, prendi una mascherina all'ispettore Dixon, per favore.»

«Dammi solo un minuto. Ce la faccio.»

«Be', almeno non sei svenuto.»

Il tecnico dell'obitorio passò una mascherina di carta a Dixon. Lui se la mise davanti a naso e bocca e fissò gli elastici dietro le orecchie.

«Ecco, adesso sei a posto» dichiarò Poland.

«D'accordo, riproviamo. Cosa devo guardare?»

«L'ecchimosi sul collo. La vedi?»

«Sì.»

«Indica che è stato usato un mezzo di costrizione. Quello che colpisce è che ha una larghezza uniforme. Vedi? La mia ipotesi è che si tratti di una cintura.»

Dixon annuì.

«E guarda questo.»

Poland si mise al capo del tavolo. Prese la testa di Valerie Manning fra le mani e la girò a sinistra. Dixon, che era in piedi alla destra del dottore, distolse lo sguardo appena in tempo.

«Vedi. Non c'è ecchimosi dietro il collo.»

«Lo vedo, sì.»

«Si ferma nello stesso punto da entrambi i lati. Guarda di qua.»

Dixon passò dietro il medico mentre quello girava la testa di Valerie Manning verso destra.

«Vero» confermò.

«Che cosa ne deduci?» chiese Poland.

«Che la cintura è stata usata per legarla a qualcosa.»

«Esatto. E qualsiasi cosa fosse dovremmo essere in grado di stabilirne la larghezza misurando i segni che ha sul collo. È semplice trigonometria, di fatto.»

«Scommetto che si tratta del poggiatesta della sua auto.»

«Questo è il tuo ambito» commentò Poland.

«Che mi dici riguardo alla causa della morte?»

«Ci sono due ferite, entrambe tali da poterla avere uccisa.»

«Due?»

«Sì. C'è la ferita da arma da taglio appena sotto la scapola sinistra, che arriva fino al cuore. Una lama lunga e sottile, un coltello per sfilettare il pesce o qualcosa del genere.»

«E poi?»

«Le è stata tagliata la gola.»

«Prima che le venisse staccata la testa?»

«Sì, e con uno strumento diverso. Almeno così pare.»

«Fammi vedere» disse Dixon.

«Non ti chiederò di guardare troppo da vicino. La testa è stata recisa con una lama elettrica. I tagli sono stati inferti in modo uniforme e questo può essere stato fatto solo usando un coltello da scalco elettrico. In alcuni punti però sembra che la lama non abbia fatto avanti e indietro. Lo squarcio è netto e va in un'unica direzione. Deve averglielo procurato quando le ha tagliato la gola. Da questo posso anche stabilire che l'assassino è destro.»

Dixon aveva iniziato a prendere appunti.

«Un coltello da scalco elettrico può essere abbastanza potente?» chiese.

«Uno di fascia alta sì, oppure anche un coltello per sfilettare il pesce. Sono piuttosto potenti oggigiorno. Scriverò tutto nel rapporto» disse Poland. «Ha anche una ferita sul dorso della mano sinistra. La carne è quasi tutta bruciata, ma si vede ancora. Un taglio o uno sfregio. Qualcosa del genere.»

«Quindi cosa l'ha uccisa in definitiva?» volle sapere Dixon.

«La ferita da arma da taglio al cuore. Dalla perdita di sangue, direi che prima le è stata tagliata la gola. Poi è stata accoltellata alla schiena, per sicurezza.»

«Perché secondo te il primo taglio è stato fatto così in basso sul collo? È stata decapitata quasi all'altezza delle spalle, il che è insolito, non trovi?»

«È semplice, Nick. In quel momento aveva ancora la cintura intorno al collo, perciò la gola è stata tagliata al di sotto. Poi la testa è stata recisa usando la stessa incisione. Ti quadra?»

«Sì» rispose Dixon. «E credi che sia stato usato un coltello da scalco elettrico?»

«Sì, una cosa del genere. Di sicuro non una motosega. È evidente.»

«Quindi la donna è al posto di guida in una Fiat Uno quattro porte. L'assassino è già nell'auto o salta sul sedile posteriore dietro di lei. Le mette una cintura intorno al collo e la lega al poggiatesta.»

«Decisamente plausibile, sì» commentò Poland.

«Dopodiché la obbliga a guidare fino alla spiaggia di Berrow e lì le taglia la gola al di sotto della cintura che la immobilizza. Poi la pugnala alla schiena, per sicurezza, come dici tu.»

Dixon fece una pausa.

«Sarebbe interessante sapere se è stata accoltellata attraverso il sedile, Roger.»

«Posso cercare tracce di fibre quando la aprirò.»

«Chiederò anche agli agenti della scientifica di cercare eventuali segni sul sedile. La tappezzeria è stata consumata dalle fiamme ma magari nell'intelaiatura è rimasto il segno» disse Dixon.

«Mi sembra tutto plausibile» ribadì Poland.

«Poi toglie la cintura e le recide la testa. E alla fine incendia l'auto.»

«Questo di sicuro quadra con quello che ho scoperto finora. Mi aspetta ancora qualche ora di lavoro, però.»

«E la ferita sul dorso della mano le è stata inflitta quando è stata rapita o mentre guidava verso la spiaggia. Può essere?»

«Può essere.»

«Ti lascio al tuo lavoro allora, Roger, se non ti dispiace» disse Dixon togliendosi la mascherina. «Dobbiamo berci quella birra, prima o poi.»

«Sarebbe bello, Nick» rispose Poland.

---

Dixon passò alla chiesa di Berrow e trovò la zona ancora transennata e sorvegliata da una volante della polizia. Arrivò a casa dopo le 20.30, diede da mangiare a Monty e mandò dei messaggi a Dave

Harding e a Mark Pearce, per fissare un briefing alla stazione di polizia di Burnham-on-Sea alle otto della mattina seguente. Poi inviò un messaggio a Jane, per chiederle dove fosse.

In quel momento sentì l'eloquente *bip bip* di un sms in arrivo. Qualche secondo più tardi qualcuno bussò alla porta. Era Jane. Aveva una grossa busta bianca piena di contenitori argentati.

«Cinese.»

«Tu mi leggi nel pensiero.»

# Capitolo 3

Dixon uscì di casa alle 7.15 del mattino seguente e si fermò alla chiesa di Berrow prima di recarsi alla stazione di polizia di Burnham-on-Sea. Le ricerche a tappeto nel cimitero e nel campo da golf sarebbero iniziate alle otto. Parlò con il sergente Dean, che coordinava le operazioni.

«Quanti uomini ha, sergente?»

«Trenta, signore.»

«Cani?»

«Ce li abbiamo, signore.»

«Bene. Controllate la boscaglia fra la chiesa e il green, d'accordo? E anche intorno al parcheggio.»

«Cosa dobbiamo cercare, signore?»

«Armi, è ovvio. Un coltello e forse anche un coltello da scalco elettrico o qualcosa di simile. Anche una cintura e una borsa di qualche sorta. Deve pur aver usato qualcosa per portare via la testa.»

«Sì, signore.»

«Mi faccia sapere quando avrete finito, così avviserò il golf club.»

«Sì, signore.»

«E mi telefoni immediatamente se doveste trovare qualcosa.»

Dixon arrivò alla stazione di Burnham-on-Sea poco prima delle otto. Era un edificio in mattoni rossi su Burnham Road, a metà strada tra Burnham e Highbridge. Jane, Dave Harding e Mark Pearce erano già lì. Così come l'ispettore capo Lewis. Dixon si chiese come avesse fatto a saperlo.

«Mettiamoci sotto, allora, d'accordo?» disse.

La centrale operativa era stata installata nella vecchia stanza della divisione anticrimine, situata al secondo piano della stazione di polizia. Veniva usata principalmente come archivio, adesso che a Burnham non c'era una divisione investigazioni criminali fissa, ma era stato fatto qualche sforzo per sgombrarla e renderla agibile per l'indagine in corso. C'era una lavagna bianca e il pomeriggio prima erano stati anche aggiunti dei computer.

Dixon fissò sulla lavagna la fotografia ingrandita di Valerie Manning con in braccio lo yorkshire terrier.

«Questa è la nostra vittima. Valerie Manning. Sessantotto anni. Abitava al numero 7 di Manor Drive, a Berrow, con il marito Peter e il figlio Simon. Addetta al servizio mensa presso la scuola di Berrow. L'identificazione ufficiale avrà luogo in giornata. Il figlio ha acconsentito a farla, vero, Dave?»

«Sì, signore.»

«Bene. Era sposata solo formalmente, a quanto pare. Ma su questo tornerò fra un minuto. La stampa locale è ormai al corrente del ritrovamento, e anche i giornali nazionali hanno fiutato la notizia. Sanno solo che la donna è stata decapitata, nient'altro. Facciamo in modo che non sappiano di più, per favore.»

Tutti acconsentirono.

«Bene. Allora, chi ha parlato con Diane Weller, la donna che ha trovato l'auto?»

«Noi» rispose Dave Harding.

«Scoperto qualcosa?» chiese Dixon.

«Non proprio. Portava a spasso il cane, com'è sua abitudine a quanto pare, quando ha visto l'auto in lontananza e si è avvicinata. A causa della marea le ruote erano nell'acqua, è stato questo ad attirare la sua attenzione. Quando ha smesso di gridare ha chiamato il pronto intervento. Era piuttosto sconvolta, a essere sincero. Non ha visto nessuno, non ha sentito niente. Non c'erano impronte di piedi o segni di pneumatici nella sabbia. La marea si stava ritirando ormai.»

«Tutto qui?»

«Ha rilasciato una dichiarazione ma il succo è questo, signore, sì.»

«E il giardiniere, Jane?»

«Più o meno lo stesso. Non ha visto niente. Non ha sentito niente. Stava rastrellando i bunker e ha trovato la testa. Tutto qua, in realtà.»

«Okay, e che mi dici del marito?» le chiese Dixon. «Che ha da dire a sua discolpa?»

«È stato piuttosto sincero riguardo alla loro situazione, credo. Ha ammesso che il matrimonio era finito e che erano intrappolati in quella casa perché non riuscivano a venderla. Non a un prezzo ragionevole, almeno. All'inizio, quando sono iniziate le pratiche per il divorzio, era stato davvero difficile, ma ultimamente le acque si erano calmate.»

«Che significa "davvero difficile"?» domandò Dixon.

«Ha ammesso di averla picchiata un paio di volte. L'avvocato della moglie a un certo punto ha persino fatto emettere un decreto ingiuntivo contro di lui. Ma è successo un po' di tempo fa.»

«Sarà meglio fare quattro chiacchiere con l'avvocato.»

«Ho i suoi recapiti» disse Jane.

«Quanto all'alibi? Dave, hai parlato tu con il figlio?»

«Regge. Pare sia stato in casa tutta la sera a guardare il golf. Era l'HSBC Champions o che so io. Hanno guardato il torneo insieme fino alla fine, poi verso mezzanotte il padre è andato a letto. Il figlio è rimasto alzato a guardare un film ed è andato a dormire verso le 2.30 del mattino.»

«Valerie è stata uccisa fra le undici di sera e le due del mattino, perciò se il marito fosse uscito di casa dopo mezzanotte…»

«Il figlio ha ribadito più volte che se il padre fosse uscito lo avrebbe sentito, signore, e afferma di non averlo sentito» disse Mark Pearce.

«Okay, fidiamoci per il momento. Non credo che sia stato il marito, comunque» affermò Dixon.

«Neanch'io» concordò Jane. «Anche se la sua reazione alla notizia della morte della moglie è stata un po'… bizzarra.»

«Così come gli spostamenti di Valerie sabato sera» osservò Dixon. «È andata a teatro a Bristol con delle amiche. Ci servono le dichiarazioni dettagliate di quelle amiche. Suppongo che si siano incontrate da qualche parte e siano andate con una sola auto. Dove si sono incontrate? Valerie Manning avrà lasciato la macchina in qualche parcheggio o forse davanti a casa di un'amica. I video delle telecamere di sorveglianza saranno fondamentali. Dobbiamo controllare anche ogni singola telecamera di monitoraggio del traffico sulle strade che possono aver percorso tra la fine dello spettacolo e le due del mattino. Dave e Mark, pensateci voi. Okay?»

«Sì, signore» risposero i due all'unisono.

Dixon si rivolse all'ispettore capo Lewis.

«Avranno bisogno di una mano, signore, e ci servirà qualcuno che risponda al telefono.»

«Me ne occupo io.»

«Nel lasso di tempo intercorso tra quando Valerie ha lasciato l'auto e quando l'ha ripresa a fine serata qualcuno si è intrufolato sul sedile posteriore ed è rimasto ad aspettarla. Oppure…» Dixon fece una pausa. «… l'ha aggredita quando è tornata alla macchina. Potrebbe anche essersi infilato in auto mentre lei tornava a casa. Mentre era ferma a un semaforo, magari, ma questo è meno probabile. Potremmo riuscire a intravedere questo qualcuno nelle inquadrature di una o più telecamere, a seconda del tragitto. Anzi, ancora meglio, potrebbero esserci delle telecamere a circuito chiuso proprio nel parcheggio.»

«Allora sappiamo cos'è successo, signore?» chiese Pearce.

«Sì. Si tratta in parte di congetture, e aspetto la relazione finale del dottor Poland, ma sembra che l'assassino abbia usato una cintura per legarle il collo al poggiatesta del sedile. Quindi l'ha costretta a guidare fino alla spiaggia di Berrow minacciandola con un coltello. Sul dorso della mano sinistra c'è una ferita superficiale che l'assassino può averle procurato quando l'ha rapita o nel tragitto fino alla spiaggia.»

«Superficiale?» chiese Pearce.

«In confronto a quella che l'ha decapitata, sì. Una volta arrivati alla spiaggia, l'assassino le ha tagliato la gola e poi l'ha accoltellata al cuore. Quello è stato il colpo letale. Era una lama sottile, probabilmente un coltello per sfilettare il pesce, e credo che sia stata accoltellata attraverso il sedile. Ma aspetto conferma.»

«Chi cazzo farebbe una cosa simile all'addetta di una mensa scolastica?» domandò Pearce.

«Non è possibile che abbia incontrato l'assassino sulla spiaggia, signore?» intervenne Harding.

«Possibile, ma improbabile. Perché altrimenti le avrebbe legato il collo? Secondo il dottor Poland la cintura è rimasta intorno al collo per diverso tempo. Se il killer l'avesse incontrata sulla spiaggia, l'avrebbe di sicuro accoltellata all'istante, non credi?»

«Credo di sì.»

«Lo scopriremo presto, comunque» continuò Dixon. «Quindi ha slacciato la cintura e l'ha decapitata con un coltello da scalco elettrico o una sega di un qualche tipo. Non una motosega. Di questo il dottor Poland è assolutamente certo. Poi ha preso la testa, che probabilmente ha messo in una borsa, e ha dato fuoco all'auto.»

«Dobbiamo trovare quella cintura e quella borsa» osservò l'ispettore capo Lewis.

«Esatto, signore» replicò Dixon. «E anche i coltelli. Ho dato istruzioni alla squadra di ricerca stamattina prima di venire qui.»

«Bene.»

«Quindi l'assassino ha tagliato per il campo da golf, ha gettato la testa nel bunker e ha lasciato il posto a bordo della sua auto, che era rimasta nel parcheggio della chiesa, ben nascosta. Quest'ultima è una supposizione, naturalmente.»

«Ma sembra plausibile» disse Lewis.

«Bene, al lavoro dunque. Jane, dobbiamo parlare con l'avvocato e anche con le sorelle della vittima. Ne ha due, mi sembra. Vedi se la mediatrice familiare può organizzare un incontro. Faremo anche un salto alla scuola di Berrow. Ci rivediamo qui alle sei, oggi pomeriggio.»

«Il solo fatto di stare seduti fuori dall'ufficio di una preside fa sentire colpevoli, non trovi?» sussurrò Dixon.

Jane alzò gli occhi al cielo.

Erano arrivati alla scuola elementare di Berrow poco dopo le nove e adesso aspettavano che la preside, Ruth Smith, li ricevesse. Al momento stava parlando con una coppia di genitori e dal tono delle loro voci Dixon arguì che il ragazzino non doveva essere esattamente il primo della classe. L'incontro s'interruppe di colpo. La porta dell'ufficio di Ruth Smith si spalancò e una giovane coppia si avviò verso l'uscita in fondo al corridoio, seguita a ruota dalla preside. La donna si voltò verso Dixon e Jane.

«E voi siete?»

«Ispettore Dixon e agente investigativo Winter. Della polizia di Avon e Somerset» replicò lui mostrando il distintivo. Jane fece altrettanto.

Ruth Smith era sulla cinquantina, magra, con i capelli corti e brizzolati. Indossava dei pantaloni neri e una camicetta viola.

«Oh, sì, certo. Entrate. Scusate per poco fa. A nessuno piace sentirsi dire che il proprio figlio è un bullo, non è così?»

«Eh, già» fece Dixon.

«Sedetevi. Sono Ruth Smith, la preside di questo istituto. Che orribile notizia quella di Val. Suo marito mi ha telefonato ieri. Ancora non riesco a crederci. È terribile.»

«Da quanto lavorava qui?»

«Da circa tre anni, mi pare. Da quando era in pensione.»

«Pensione?»

«Sì, voleva tenersi occupata, diceva.»

«E che lavoro faceva prima?»

«In ambito sanitario. Era un'infermiera.»

«Ha una sua scheda anagrafica?»

«Ecco, io…»

«Questa è un'indagine per omi…»

«Certo che ce l'ho. Datemi un secondo.»

Ruth Smith aprì il primo cassetto della scrivania e tirò fuori un mazzo di chiavi. Poi andò a uno schedario nell'angolo e prese una cartellina sottile. La passò a Dixon.

«Niente di eclatante, ispettore. Solo una copia della sua domanda di assunzione e del contratto. Non ricordo che ci siano mai stati problemi degni di essere registrati.»

«Era qui venerdì?»

«Sì. Era una giornata normale.» Gli occhi di Ruth Smith si riempirono di lacrime. «Una giornata normalissima.»

«Con chi lavorava?»

«Abbiamo due addette alla mensa. Val, ovviamente, e Anne Brooks. Erano entrambe in servizio venerdì.»

«Anne è qui adesso?»

«È un po' presto, ma potrebbe essere in cucina.»

«Mi piacerebbe parlarle, se è possibile.»

«Sì, certo.»

«Può sembrare una domanda stupida, visto che parliamo di un'addetta alla mensa delle elementari, ma le viene in mente qualcuno che avrebbe potuto avere un motivo per farle del male? Un genitore, magari?»

«Si vede che non l'ha conosciuta, ispettore.»

«Purtroppo no.»

«Fatico a credere che esista una persona migliore. Non ha mai avuto screzi con nessuno, figuriamoci con un genitore.»

«Capisco. Ma dobbiamo chiederlo.»

«Ma certo» replicò Ruth Smith. «È sicuro che sia stata de… decap…?»

«Temo proprio di sì» la interruppe Dixon.

«Oh, mio Dio.»

«Lo avete detto ai bambini?» chiese Jane.

«No, non ancora. Sono in contatto con l'ente locale per l'istruzione, decideremo insieme il modo migliore per farlo.»

«Possiamo parlare con Anne adesso, per favore? Vorrei anche tenere questo fascicolo, se per lei va bene» disse Dixon.

«Ehm, sì, va bene. Seguitemi.»

---

Anne Brooks stava tagliando la lattuga in cucina. Era sulla sessantina e aveva i capelli scuri con una permanente fitta.

«Annie, questi signori sono della polizia. Vorrebbero fare quattro chiacchiere con te su Val…»

Anne Brooks scoppiò a piangere all'istante. Iniziò a singhiozzare disperata. Le cedettero le gambe e si accasciò sul piano di lavoro. Ruth Smith la sorresse mentre Dixon andava a prendere una sedia dalla zona pranzo adiacente.

«Facciamo un'altra volta» disse lui. «Meglio lasciarla in pace.»

«Tornerete?» chiese Ruth Smith.

«Sì» rispose Dixon.

Dal corridoio che portava all'uscita, si sentiva ancora Anne Brooks singhiozzare.

---

«Che ne pensi della reazione della Brooks, Jane?»

«Non starai seriamente pensando…?»

«Cosa? Due addette alla mensa hanno un alterco e una delle due taglia la testa all'altra? No, volevo solo sapere se secondo te era una reazione sincera.»

«Sì, credo proprio di sì» rispose Jane.

«Anche secondo me» confermò Dixon. «La mediatrice familiare ha già fissato un appuntamento con le sorelle?»

«Controllo» rispose Jane, cercando il cellulare nella borsa.

Dixon percorse Coast Road e parcheggiò in Manor Way davanti alla chiesa di Berrow. Vide che le ricerche erano ancora in corso. Notò anche tre furgoncini bianchi con le parabole satellitari sul tettuccio e le scritte BBC, SKY NEWS e ITN sulle fiancate. Sentì un elicottero volare sopra la sua testa. Alzò lo sguardo e vide che era privato, non della polizia. Probabilmente qualcuno assoldato da una delle agenzie stampa per ottenere immagini aeree delle operazioni di ricerca, pensò.

Jane concluse la telefonata.

«Allora?»

«Una sorella vive in Australia, a Brisbane.»

«Non considerarla nemmeno.»

«L'altra a Woolavington.»

«Non sembra molto allettante, in confronto.»

«No, ma ha accettato di vederci oggi alle dieci e mezzo.»

---

Lockswell Cottage era una casetta in pietra con due grandi finestre sul davanti e si trovava sulla strada principale che attraversava Woolavington. Dixon parcheggiò in Higher Road, una traversa di fronte al cottage, e vide muoversi le tendine di tulle a una delle finestre principali. Quando bussò alla porta, non erano ancora le 10.30. Un cagnolino si mise ad abbaiare.

«La signora Sheila Cummins?»

«Sì.»

«Sono l'ispettore Dixon e la mia collega è l'agente investigativo Winter. Ci stava aspettando, immagino.»

«Prego, entrate pure.»

«Spero non le dispiaccia se glielo dico, ma somiglia in modo impressionante a sua sorella, signora Cummins» osservò Dixon.

«Siamo gemelle, ispettore. O meglio, eravamo gemelle. Non proprio identiche, ma quasi.»

«Suppongo che sappia cos'è successo alla signora Manning.»

«Peter mi ha telefonato ieri sera, sì. Prego, sedetevi.»

La porta d'ingresso dava direttamente nel soggiorno. Dixon si accomodò su una poltrona. Jane si sedette accanto alla signora Cummins sul divano, davanti a un grande camino acceso.

«Come definirebbe i rapporti di sua sorella con il marito, signora Cummins?»

«Sono sicura che già sapete tutto.»

«Sappiamo quello che ci ha detto il signor Manning, ma vorrei sapere cosa ne pensa lei.»

«Un tempo erano buoni. Poi hanno divorziato. So che lui la picchiava, anche se lei ha sempre negato. Era difficile per loro vivere sotto lo stesso tetto.»

«E ultimamente?»

«Erano giunti a un compromesso. Si evitavano. Conducevano vite separate, per quanto fosse possibile stando nella stessa casa.»

«E i suoi rapporti con lei, come li definirebbe?»

«Non eravamo intime come un tempo, direi. Crescendo ci siamo allontanate. Almeno a me sembrava così.»

«La vedeva spesso?»

«Ultimamente no. Non so perché, in realtà. E adesso è troppo tardi...» Le lacrime cominciarono a rigarle le guance.

«Jane, prepara una tazza di tè alla signora Cummins» disse Dixon.

«No, sto bene, davvero» assicurò Sheila Cummins. «Ha sofferto?»

«No.» Dixon mentì di nuovo. «Mi dica dell'altra sua sorella.»

«Emily. È la maggiore. Ha sposato un australiano nei primi anni Ottanta e si è trasferita. La vediamo di rado ormai, per ovvi motivi. Non gliel'ho ancora detto. Vorrà venire al funerale.»

«Valerie le ha mai detto se era in pericolo o temeva per la propria vita?»

«Che domanda assurda.»

«Lo so. Al momento sto solo cercando di andare per esclusione. Le viene in mente qualcuno che potesse volerle male?»

«Certo che no!» esclamò Sheila Cummins.

«Che mi dice del marito?» chiese Jane.

«No. Non crederete davvero una cosa del genere?»

«Come le ho detto, in questa fase andiamo per esclusione. Sono domande di routine. Da manuale, anzi» spiegò Dixon.

«Be', siete fuori strada.»

«E che mi dice di lei? È sposata?»

«Mio marito è morto due anni fa. Cancro alla prostata.»

«Mi dispiace.»

«Quando arriverà ai cinquanta, ispettore, si controlli i valori del PSA almeno una volta l'anno. Mio marito non lo ha fatto e ne ha pagato lo scotto.»

«Cercherò di tenerlo a mente.»

«Lo faccia» insistette Sheila Cummins. Le lacrime cominciarono a rigarle di nuovo le guance.

«Le abbiamo portato via abbastanza tempo, signora. Se le viene in mente qualcosa che potrebbe rivelarsi importante, anzi qualsiasi cosa, mi dia un colpo di telefono, per favore. Ecco il mio numero» disse Dixon, posando il suo biglietto da visita sul tavolino da caffè.

«Senz'altro.»

Quando Dixon e Jane si alzarono per andare via, uno yorkshire terrier arrivò di corsa dalla cucina e saltò sulle gambe di Sheila Cummins. Cominciò a leccare le lacrime che aveva sulle guance.

«Non c'è bisogno che ci accompagni alla porta.»

«Laggiù c'è un parco. Portiamo Monty a fare una passeggiata. Abbiamo dieci minuti.»

Dixon fece scendere Monty dal sedile posteriore della Land Rover e gli mise il guinzaglio. Attraversarono la strada e camminarono sulla Lockswell per un centinaio di metri fino al parchetto.

«Che ne pensi, dunque?» chiese lui liberando il cane dal guinzaglio.

«Non credo che sia stato il marito, quindi ci resta un'impiegata alla mensa di una scuola elementare, a detta di tutti adorabile, accoltellata a morte e poi decapitata. Non lo so, potrebbe essere stato un delitto casuale?» ribatté Jane.

«No. È la legge di Dixon. Non esistono i delitti casuali.»

«La legge di Dixon?»

«Quella l'ho inventata. Ma c'è sempre un motivo...»

«Sempre?»

«Persino uno psicopatico ha un motivo per scegliere le sue vittime.»

«Credo di sì.»

«Potrebbe sembrare casuale, ma deve esserci un motivo, anche se oscuro.»

«Vero.»

«Il problema è che diventa molto più difficile scoprirlo se esiste solo nella mente dell'assassino.»

«Bella scoperta.»

«Ma c'è. Dobbiamo solo cercarlo.»

«Dove?»

«Be', se non è nel presente di Valerie, deve essere nel suo passato.»

«È possibile che l'assassino intendesse uccidere Sheila Cummins?» chiese Jane. «In fondo sono quasi identiche.»

«Un errore di persona, vuoi dire?»

«Sì.»

«Guardi troppa televisione.»

Jane fece un cenno in direzione di Monty.

«Hai della merda da raccogliere.»

Dixon mise una mano in tasca e tirò fuori un sacchetto di plastica nero.

«Una delle gioie del possedere un cane. Ma ti ci abitui.»

«Ne spaliamo un bel po' in questo lavoro, non è vero?»

«Sì. Proprio vero.»

Dixon andò al cestino dei rifiuti mentre Jane lanciava un bastone a Monty.

«Rientriamo in centrale» disse incamminandosi.

Fece salire il cane nel sedile posteriore della Land Rover, si sedette alla guida e stava per mettere in moto quando gli squillò il telefono.

«Dixon.»

«Sono il sergente Dean, signore. Abbiamo trovato una borsa nella boscaglia fra il green e la chiesa.»

«È quella...?»

«C'è del sangue, signore. Un bel po'. L'ha trovata uno dei nostri cani.»

«Tracce di una cintura?»

«C'è una cintura di cuoio dentro.»

«Arriviamo, sergente. Grazie.»

Dixon arrivò alla chiesa di Berrow e trovò il furgoncino della scientifica già sul posto. Parcheggiò e insieme a Jane seguì il sentiero che portava a destra. Arrivarono al dodicesimo green e scorsero un gruppo di agenti in piedi sul vialetto che dal green conduceva all'apertura nel muretto del cimitero della chiesa. La boscaglia su entrambi i lati era fitta, formata da grossi cespugli, di una specie che Dixon non riuscì a identificare, e folti rovi. Sembrava che formassero un cerchio, al cui interno non c'era niente a parte l'erba alta.

Gli agenti si fecero indietro per consentirgli di guardare nella boscaglia. Era stato aperto un varco e Watson, il capo della squadra scientifica, era accovacciato sopra quella che sembrava una borsa nera in mezzo all'erba alta.

«Cos'abbiamo allora?»

«Un borsone di pelle nero. Dentro c'è parecchio sangue rappreso. Ne mandiamo subito un campione al dottor Poland per farlo analizzare, ma non ci vuole un genio per capire a chi appartiene.»

«Infatti. C'è altro?»

«Sì, dentro il borsone c'è una cintura di cuoio marrone. Non è un bel vedere.»

«Qualche logo o roba del genere?» chiese Dixon dopo aver fatto un cenno a Jane.

«Vedo un'etichetta Fat Face sulla cintura, mentre il borsone ha il logo Footjoy.»

«Il nostro uomo è un golfista, dunque» osservò Jane.

«La Footjoy produce anche scarpe da golf femminili» replicò Dixon.

Lei si strinse nelle spalle.

«È arrivato il signor Durkin, signore, e vorrebbe scambiare due parole.» Il sergente Dean era comparso dietro Dixon.

«Cosa vi resta da fare, sergente?»

«Non molto, signore. Abbiamo quasi finito e stiamo per smantellare.»

«La boscaglia da quella parte è stata controllata?» chiese ancora, indicando l'altro lato del vialetto.

«Sì, signore. Abbiamo mandato due cani a setacciarla.»

«Quindi posso dire al signor Durkin che finiremo entro oggi e che domani potrà riavere il suo campo?»

«Sì, signore.»

Dixon tornò al dodicesimo green. Paul Durkin era seduto nella sua golf cart in fondo al green. Nel vederlo il segretario si incamminò nella sua direzione.

«Non avete ancora finito, ispettore?»

«Quasi, signor Durkin. Stiamo per levare le tende, in realtà. Ma ci sarà qualche ritardo. Abbiamo trovato degli oggetti nella boscaglia laggiù che dovranno essere rimossi con cautela. Potrebbe volerci un po' di tempo.»

«Non ci vorrà un terzo giorno, spero.»

«Per fortuna no. Il campo può riaprire domani.»

«Sia ringraziato il cielo. Questa faccenda ha causato parecchi disagi, ispettore.»

«Quando prenderò l'assassino, signor Durkin, mi assicurerò di farglielo sapere.»

Dixon tornò da Jane.

«Forza, andiamo a mangiare qualcosa.»

«Dove?»

«Il *Berrow Inn* sarà pieno di giornalisti. Che ne dici del *Red Crow*?»

Erano da poco passate le 14.30 quando Dixon suonò il campanello dello studio legale Lester Hodson a Bridgwater. Era un edificio georgiano a due piani adibito a uffici, con due finestre sulla facciata. La grande porta d'ingresso era stata dipinta di nero e sul muro alla sua sinistra scintillava una targa in ottone che elencava i soci dello studio.

Quando la serratura scattò con un ronzio familiare, lui e Jane entrarono e seguirono un cartello che indicava a sinistra per il banco della reception.

«Ispettore Dixon e agente Jane Winter, siamo qui per vedere Anne Barton, per favore» annunciò lui mostrando come al solito il distintivo.

«Aspettava una vostra visita?»

«Una sua cliente è stata assassinata ieri, perciò direi di sì.»

«Avete un appuntamento, intendo?»

«Non ce n'è bisogno, vedrà.»

«Sedetevi» li esortò la receptionist.

«Restiamo in piedi, se non le dispiace. Sono certo che la signora Barton non ci farà attendere molto.»

La receptionist alzò il telefono e digitò i tre numeri dell'interno. Parlò a voce talmente bassa che a Dixon parve improbabile che la persona all'altro capo del telefono potesse sentire quello che stava dicendo. Di certo lui non ci riusciva. Alla fine la receptionist li informò che la signorina Barton sarebbe scesa subito per incontrarli.

Qualche minuto più tardi, si aprì una porta in fondo alla sala d'attesa.

«Come posso aiutarvi?»

Dixon si voltò e vide una donna alta ed elegante, indossava un completo due pezzi grigio e una camicetta bianca. Aveva i capelli biondi e corti e sembrava essere sui quarantotto o quarantanove anni.

«Sono Anne Barton. Siete qui per Valerie Manning, giusto?»

«Sì. C'è un posto dove possiamo…?»

«Certo. Da questa parte.»

Dixon e Jane seguirono Anne Barton in una stanza per i colloqui dietro l'area della reception. Le due donne si sedettero alla scrivania una di fronte all'altra. Dixon rimase vicino alla finestra affacciata sul fiume Parrett, che scorreva dietro gli uffici.

«Capirà che sono vincolata dal segreto professionale, ispettore.»

«Temo che queste cose vadano a farsi benedire quando c'è un'indagine per omicidio, signorina Barton.»

«Bene, aiuterò come meglio posso.»

«Grazie.»

«È vero che è stata…?»

«Sì, purtroppo.»

«Buon Dio.»

«Al momento stiamo cercando di ricostruire un quadro della signora Manning e so già cosa mi dirà lei, o almeno credo. Può parlarmi del suo rapporto con il marito, Peter?»

«Era un bel bastardo, in realtà. Almeno all'inizio. Voleva il divorzio. Valerie no. Lui aveva conosciuto un'altra. Alla fine ha costretto Valerie ad avviare le pratiche sulla base del suo adulterio.»

Jane prendeva appunti.

«È stato un periodo molto difficile. Lui l'ha picchiata un paio di volte e alla fine ho fatto emettere un decreto ingiuntivo per costringerlo a lasciare il tetto coniugale.»

«Qual è stato il risultato?»

«Lui l'ha convinta a ritirarlo prima dell'udienza e da allora le acque si sono decisamente calmate. Credo che abbia causato la fine della sua nuova relazione, in realtà.»

«Il decreto ingiuntivo?»

«Lei vorrebbe stare con uno che picchiava la moglie?» Anne Barton rivolse la domanda a Jane.

«No» rispose lei.

«Quanto tempo fa è successo questo?»

«Dev'essere stato circa tre anni fa. Da allora hanno vissuto in un limbo. Si sono accordati per dividere tutto a metà, ma non sono riusciti a vendere la casa. È una cosa piuttosto comune in questo momento. Causa ogni sorta di problemi.»

«Possiamo avere una copia della dichiarazione che la signora Manning ha rilasciato per giustificare la richiesta del decreto ingiuntivo?»

Jane lanciò un'occhiata a Dixon, che adesso era vicino al caminetto accanto alla scrivania.

«Dovrò passare per il socio dirigente, ma non vedo perché no. Va bene se gliela invio per email?»

«Benissimo» rispose lui, consegnando il suo bigliettino da visita ad Anne Barton.

«Cercherò di farlo oggi pomeriggio, o al massimo domani, d'accordo?»

«Grazie. È stata di grande aiuto.»

Dixon passò alla stazione di polizia di Bridgwater per controllare la posta e le email. Era un edificio in mattoni rossi e vetro che poteva al massimo essere definito funzionale. Il suo ufficio si trovava al secondo piano, accanto alla stanza della divisione anticrimine.

Dixon era davanti alla macchinetta del caffè quando l'ispettore capo Lewis comparve alle sue spalle.

«Novità, Nick?»

«Abbiamo trovato la borsa con dentro la cintura, signore. È un borsone nero con il logo Footjoy. La cintura è di cuoio e ha il marchio Fat Face. Sul fondo del borsone c'è parecchio sangue rappreso e ne abbiamo già mandato un campione a Roger Poland.»

«Altro?»

«Niente di rilevante. Abbiamo parlato con la preside della scuola di Berrow e anche con la sorella di Valerie Manning a Woolavington. L'altra sorella vive in Australia. Speravo di parlare con la collega che lavorava con la Manning nella cucina della scuola ma non siamo riusciti a cavarle una parola, purtroppo.»

«E?»

«Si sta delineando l'immagine di un'adorabile signora che non avrebbe fatto male nemmeno a una mosca. Nessuno riesce a capacitarsi del fatto che qualcuno desiderasse nuocerle, a quanto pare. Il suo avvocato ci ha fornito dei dettagli interessanti riguardo alla causa di divorzio e alla violenza domestica, ma parliamo comunque di tre anni fa. Le ho chiesto di farmi avere una copia della dichiarazione fornita dalla signora Manning a supporto della richiesta del decreto ingiuntivo.»

«Decreto ingiuntivo?»

«A quanto pare il marito era diventato così violento che a un certo punto la signora Manning ha cercato di cacciarlo di casa. Lui l'ha convinta a bloccare le pratiche, però, e da allora la situazione si è tranquillizzata. L'avvocato pensa che Peter Manning frequentasse un'altra donna, perciò voleva il divorzio, e che la richiesta del decreto ingiuntivo abbia messo fine alla sua relazione.»

«Bene, tienimi aggiornato.»

«Lo farò, signore. Sarà interessante scoprire cos'hanno trovato Dave e Mark. C'è un briefing alle sei di oggi pomeriggio, se riesce a venire.»

«Purtroppo no, ma fammi sapere come va.»

«Senz'altro.»

«Secondo il sovrintendente capo sei un agente che conclude, Nick.»

«Farò del mio meglio, signore.»

Dixon si sedette alla sua scrivania con il caffè ed effettuò il login sul computer. Il suo era un ufficio piccolo e lo divideva con l'ispettore Janice Courtenay. La collega gli aveva lasciato un appunto sulla scrivania per informarlo che sarebbe stata in vacanza nelle successive due settimane. Accartocciò il biglietto e lo gettò nel cestino.

Aprì le email e trovò 279 nuovi messaggi. Grosso modo ogni email corrispondeva a una telefonata ricevuta da comuni cittadini dopo la conferenza stampa di domenica sera. Dixon guardò l'orologio. Erano appena passate le quattro e aveva un'ora e mezza prima di dover tornare a Burnham per la riunione delle sei.

Si allungò e accese la stampante. Poi cominciò ad aprire le email in ordine cronologico, a partire da domenica sera. Gli fu subito chiaro che erano pochissime quelle che contenevano informazioni utili. L'archivio centralizzato avrebbe conservato ogni messaggio, così Dixon cancellò dal suo computer quelli non rilevanti. Fanatici, svitati e gente che aveva informazioni non pertinenti o del tutto sbagliate, come al solito. Cancellò anche tutte le newsletter interne della polizia e i promemoria. Anche se tecnicamente non era posta indesiderata, lui la considerava tale e provava un immenso piacere nel premere il tasto CANCELLA.

Alle 16.30 aveva ristretto il campo a cinquantanove email che richiedevano una lettura più accurata. La sua attenzione fu catturata da un messaggio telefonico lasciato alle 22.27 di domenica (subito dopo il notiziario della sera, ragionò). Il testimone, Daniel Fisher, diceva che la domenica mattina presto stava guidando da Burnham-on-Sea a Brean quando aveva visto un'auto sbucare dalla strada che portava alla chiesa di Berrow. Fisher era stato in un locale notturno a Burnham e stava tornando a casa. Dixon prese nota di indagare su quell'avvistamento. Per il resto, i messaggi erano di scarsissimo interesse, a parte uno delle 15.23 di quel giorno. L'uomo che aveva chiamato non aveva lasciato né il nome né il numero. Il messaggio diceva semplicemente "Vodden 1979". Dixon cliccò sul tasto CANCELLA.

Spense computer e stampante, dopo aver stampato soltanto un'email. Come risultato era deludente, ma almeno c'era un potenziale avvistamento dell'assassino.

Chiamò a gran voce Jane, che era seduta al suo computer nella stanza dell'anticrimine.

«Hai visto qualcosa di interessante in quelle email?»

«Non direi, a parte l'unica ovvia.»

«Daniel Fisher?»

«Sì.»

«Fagli una telefonata e vedi se può incontrarci stasera.»

«Va bene.»

Dopo qualche minuto, Jane comparve sulla porta dell'ufficio di Dixon.

«Lavora su turni e sta facendo quello di notte al momento. Può incontrarci domani mattina, però. Ho preso un appuntamento per vederlo a casa sua alle otto e mezzo.»

«Bene. Forza, dobbiamo andare a Burnham.»

La centrale operativa al secondo piano della stazione di polizia di Burnham-on-Sea brulicava di attività quando, poco prima delle 18.00, Dixon e Jane arrivarono per il briefing. Dave Harding e Mark Pearce fissavano intensamente lo schermo di un televisore e vari altri agenti, che erano stati mandati lì per assisterli nelle indagini, stavano rispondendo ai telefoni o esaminando i video delle telecamere a circuito chiuso sui loro computer.

Dixon si sedette sul bordo di una scrivania vuota accanto alla lavagna e diede inizio alla riunione.

«Buonasera a tutti. Come sapete, abbiamo ritrovato il borsone e la cintura, perciò pare che il dottor Poland avesse ragione riguardo alla dinamica. Sto giusto aspettando la sua relazione finale. Abbiamo anche l'avvistamento di un'auto che ha lasciato il parcheggio della chiesa di Berrow nelle prime ore di domenica. Jane e io interrogheremo il testimone domani mattina. Dave, cos'avete scoperto voi?»

«Abbiamo parlato con le amiche con cui Valerie è andata a teatro e ci hanno fornito entrambe delle dichiarazioni dettagliate. Le stanno trascrivendo al computer in questo momento.» Dave guardò il suo taccuino. «Emily Townsend abita al 17 di Margaret Crescent, nei pressi del lungomare sud a Burnham. È un'ex collega di Valerie, a quanto pare. In ogni caso, aveva lei la macchina. È passata a prendere Valerie nel parcheggio del *Morrisons*, il supermercato all'inizio di Pier Street, e poi sono andate a prendere la signora Claire Stewart a casa, in Stoddens Road. Dovevano passarci per raggiungere l'autostrada ovviamente.»

«Quindi l'auto di Valerie è rimasta incustodita nel parcheggio tutta la sera?»

«Sì, signore.»

«Allora dovrebbero esserci i filmati delle telecamere di sorveglianza.»

«Ci sono. Ci arrivo fra un secondo» disse Harding. «Sono andate a vedere *Il re leone* all'Hippodrome e sono ripartite da Bristol poco dopo le 23.00. Hanno lasciato la signora Stewart a casa e poi la signora Townsend ha lasciato Valerie in Pier Street verso le 23.45.»

«Non all'auto?» chiese Dixon.

«No, purtroppo. Ha accostato alla fermata dell'autobus di fronte al *Pier Tavern* e ha lasciato che Valerie andasse a piedi fino alla macchina.»

«Non ha aspettato per assicurarsi che Valerie arrivasse all'auto?»

«No, purtroppo non l'ha fatto. Se ne è andata. L'ultima volta che l'ha vista, Valerie stava camminando sul marciapiede vicino alla fermata dell'autobus.»

«Non lo sa che bisogna sempre assicurarsi che le amiche arrivino a casa sane e salve?» commentò Dixon.

«Adesso lo sa, signore.»

«Un po' tardi, per la miseria, non credi, Dave?»

«Sì, signore.»

«E dopo?»

«È qui che entrano in gioco le telecamere a circuito chiuso. Mark, manda indietro il video a quando compare l'auto della signora Townsend. Vedete tutti lo schermo?»

Jane spense le luci e poi andò a mettersi vicino a Dixon. Mark Pearce e Dave Harding erano seduti alla scrivania su cui era appoggiato il televisore. Gli altri agenti si radunarono intorno allo schermo. Pearce fece partire il filmato.

Il parcheggio del *Morrisons* era all'angolo tra Pier Street e il lungomare. Era vuoto, a parte quattro auto, che erano tutte parcheggiate nei posti macchina adiacenti a Pier Street. Le auto si vedevano chiaramente, poiché non c'erano recinzioni o cespugli di alcun tipo a bloccare la visuale del parcheggio dalla strada o dalle telecamere di sorveglianza.

Dixon vide una Mazda rossa 6 station wagon apparire alla fermata dell'autobus e Valerie Manning scendere dal lato del passeggero. La donna si sporgeva poi dentro l'abitacolo e scambiava due parole con la persona alla guida, quindi chiudeva la portiera e s'incamminava sul marciapiede.

«Ferma il video» ordinò Dixon. «Che cosa dice alla signora Townsend?»

«Solo arrivederci e grazie, tutto qua. Niente che abbia una qualche rilevanza.»

Dixon guardò la fermata dell'autobus. Era una costruzione in laterizio, non una pensilina di vetro, con il tetto spiovente e il rivestimento in legno sul timpano. Era aperta sul davanti ma di traverso rispetto al mare, per cui era riparata dal vento. Lungo la parete in fondo c'era una panchina. Vuota.

«Okay, fallo ripartire.»

«È qui che si fa interessante» annunciò Pearce.

«Quella è la macchina di Valerie» spiegò Harding indicando la Fiat Uno rossa parcheggiata tre posti più in là rispetto alla fermata. «Ora guardi dietro la fermata.»

Dixon sentì il polso accelerare. Aveva capito benissimo cosa stava per accadere. Sentì il sudore imperlargli la fronte e la parte bassa della schiena. Guardò Valerie Manning che andava verso la sua auto. Aveva lo sguardo basso, cercava le chiavi nella borsetta.

A un tratto una figura sbucava dalla fermata dell'autobus. Indossava pantaloni e cappotto scuri, sulla testa un cappuccio che le copriva il volto. Una lama scintillò alla luce dei lampioni.

«Ferma il video» ordinò Dixon. «Ci sono altre telecamere che possono mostrare il retro della fermata?»

«No, signore. Questa è la visuale dal *Reeds Arms*, il pub della catena Wetherspoon che si trova sul marciapiede opposto. C'è anche la telecamera del centro informazioni turistiche vicino al pontile, ma questa è l'angolazione migliore.»

«Okay, Mark.»

Pearce riavviò il filmato. La figura aveva quasi raggiunto Valerie Manning quando lei si girò. Scarpe morbide, pensò Dixon. Ferì Valerie con il coltello. Lei lasciò cadere la borsetta e si afferrò il dorso della mano sinistra con la destra. Indietreggiò inciampando verso la portiera del guidatore della sua auto. La figura le agitava il coltello davanti. Poi lo puntò verso la borsa a terra. Valerie fece un passo avanti, si chinò e la raccolse. Quindi ricominciò a cercare le chiavi. Stavolta con più urgenza.

«Ferma il filmato.»

Pearce obbedì.

«È un uomo o una donna, secondo voi?» chiese Dixon.

«A me sembra una donna, signore.»

Dixon si voltò verso l'agente che aveva parlato.

«E tu sei?»

«Agente Willmott, signore. Ci siamo incontrati alla spiaggia di Berrow.»

«Ah, certo. Cosa ti fa credere che si tratti di una donna?»

«La corporatura, l'altezza, il modo in cui impugna il coltello...»

«Spiegati meglio.»

«Un uomo sarebbe più spavaldo. Guardi lì. Quella persona è quasi rannicchiata sul coltello mentre lo punta verso la signora Manning.»

Dixon annuì.

«Guardi anche il modo in cui lo tiene. Il palmo della mano è rivolto verso l'alto.»

«Piove a dirotto» osservò Harding. «Chiunque starebbe con le spalle curve, no?»

«E sarebbe nervoso» aggiunse Pearce.

«Quindi cosa state dicendo, che potrebbe essere sia un uomo sia una donna?»

«Be', non c'è niente di smaccatamente ovvio, signore, non le pare?» intervenne Jane.

«Non riusciamo ad avere una visuale migliore del volto, Dave?»

«No, signore, purtroppo no.»

«Bene, per comodità adesso ci riferiremo all'assassino come a un uomo. Riavvia il filmato, Mark.»

Guardarono Valerie che trovava le chiavi e apriva la macchina. Un gesto con il coltello e saliva al posto di guida. La figura apriva il bagagliaio, ci buttava dentro un borsone e poi montava sul sedile posteriore mettendosi alle sue spalle. A un tratto alzava le braccia e le portava in avanti oltre il sedile del guidatore. Valerie Manning sobbalzava. Agitava la testa a destra e a sinistra.

«Ecco che le mette la cintura intorno al collo» osservò Pearce.

Quindi l'auto lasciava lentamente il parcheggio a marcia indietro, girava e si dirigeva verso l'uscita abbandonando l'inquadratura. L'ultima cosa che Dixon vide fu Valerie Manning che guidava con l'aggressore acquattato sul sedile dietro di lei.

«Da questa telecamera non si vede più l'auto, signore» spiegò Harding.

«Il che significa che devono aver proseguito sul lungomare?»

«Sì. C'è un fotogramma dell'auto che passa davanti alla telecamera del pontile e prosegue sul lungomare anziché svoltare a destra in Pier Street.»

«Ma quella è l'ultima telecamera?»

«Sì, signore. Non ce ne sono altre tra quel punto e la spiaggia.»

«Spegnilo, per favore, Mark. Ho visto abbastanza per ora.»

Mark Pearce spense il televisore e gli agenti tornarono ognuno al proprio posto. Dixon ne approfittò per versarsi un bicchiere d'acqua dal distributore.

«A che ora chiude il supermercato il sabato?»

«Alle 21.00, signore» rispose l'agente Willmott.

«Quindi l'assassino lascia la sua auto nel parcheggio nuovo della chiesa di Berrow, ben nascosta dalla strada. Poi in qualche modo arriva a Burnham, dove aspetta che Valerie ritorni dal teatro. Questo significa che il killer aveva un complice che gli ha dato un passaggio o ha preso un autobus o un taxi. Dave, sai cosa fare, vero?»

«Sì, signore.»

«È anche possibile che sia andato a piedi camminando sulla spiaggia, suppongo. Quanti chilometri sono, sei e mezzo?»

«All'incirca» rispose la Willmott.

«Bene, controlliamo comunque i taxi e gli autobus, Dave.»

Harding annuì.

«Supponiamo che l'assassino sia arrivato a Burnham presto e abbia aspettato nei pressi del *Morrisons* finché Valerie non è tornata. Voglio che controlliate i filmati girati dalle telecamere del *Reeds Arms* e del pontile dalle quattro del pomeriggio in poi. Sapete cosa cercare. Ci servono anche due agenti che si piazzino davanti al supermercato per scoprire se qualcuno ha visto qualcosa sabato sera. Parlate anche con i clienti abituali del *Reeds* e del *Pier Tavern.*»

«Sì, signore» disse Harding.

«Okay. Quindi, dopo l'assassino si reca alla chiesa di Berrow tagliando per il campo da golf. Lungo il tragitto lascia la testa di Valerie nel bunker, getta il borsone con dentro la cintura fra i cespugli e poi torna a casa con la propria auto.»

«Coperto di sangue» osservò Jane. «Il che spiega la scia di macchioline dal bunker al parcheggio e attraverso il cimitero.»

«Giusta osservazione» replicò Dixon. «Bene, c'è abbastanza carne al fuoco, credo. Avete tutti ben chiaro cosa dovete fare domani?»

«Sì, signore.»

«Bene. Ci vediamo domattina.»

---

Dixon vide Jane nel parcheggio della stazione di polizia.

«Vai… ehm…»

«Vado a casa mia, se per te è lo stesso. Ho bisogno di vestiti e altre cose.»

«Certo, va bene. A domani.»

Dixon arrivò a casa prima delle otto. Aveva in mente di portare Monty a fare una passeggiata lungo la spiaggia di Burnham, ma c'erano i fuochi d'artificio dappertutto e non voleva rischiare che il cane scappasse via. Persino uno staffordshire si sarebbe spaventato nella notte dei falò. Optò quindi per un giretto al guinzaglio per le strade di Brent Knoll, seguito da una cena a base di pane tostato e fagioli. Diede da mangiare anche a Monty, aprì una lattina di birra e si sedette a luci spente nel suo cottage a guardare il bagliore dei petardi e dei fuochi d'artificio che si diffondeva nella stanza.

Lo attendeva una nottataccia. Pensava a Valerie Manning e alla persona che l'aveva ferita con il coltello nel parcheggio del supermercato. Continuava a vedere quell'immagine nella mente come lo spezzone di un film che si ripeteva.

Accese la televisione e cercò un DVD. La sua collezione era limitata e universalmente ritenuta terribile da tutti quelli che lo conoscevano. Erano luoghi da visitare piuttosto che semplici film, diceva sempre lui. Scelse il suo preferito, *Addio, Mr. Chips!*, finì la birra e si addormentò mentre ancora scorrevano i titoli di testa.

# Capitolo 4

Dixon si svegliò quando sentì bussare alla porta. Guardò l'orologio: le 22.55. Anche Monty si svegliò e si mise ad abbaiare. *Addio, Mr. Chips!* era finito da un pezzo, lasciando sullo schermo il menu del DVD e in sottofondo la canzone della Brookfield School che suonava ancora e ancora.

Aprì e si trovò Jane sulla soglia. Aveva con sé una sacca.

«Ho cambiato idea.»

«Entra» le disse spostandosi per farla entrare.

«Hai detto che se non era nel suo presente, doveva essere nel suo passato.»

«Sì.»

«Tira fuori il computer. Io accendo il bollitore.»

Jane lasciò la sacca in fondo alle scale e lanciò uno sguardo al televisore.

«Che accidenti è?»

«*Addio, Mr. Chips!*... Ma che ti prende?»

«Te lo spiego fra un minuto.»

Dixon spense il televisore e accese il laptop e Jane riemerse dalla cucina con una tazza di tè in ciascuna mano.

«Vai su Google.»

Mentre lui faceva come gli aveva detto, Jane gli passò una tazza e poi gli sedette accanto sul bracciolo del divano.

«Bene, adesso cerca "Vodden 1979" e guarda il primissimo risultato.»

Dixon la scrutò con aria interrogativa, ma lei gli fece un cenno con il capo. A quel punto scrisse "Vodden 1979" nella mascherina di ricerca e cliccò INVIO. La ricerca durò 0,35 secondi e produsse 1.620.000 risultati. Ci volle qualche istante perché capisse l'importanza di quello che aveva davanti. Guardò Jane e poi di nuovo lo schermo del computer. Era allibito.

«Lista degli omicidi irrisolti del Regno Unito: da Wikipedia, l'enciclopedia libera. 1979: Ralph Vodden; Royal West Norfolk Golf Club; il 4 novembre 1979 fu ritrovato il corpo di Ralph Vodden. Era stato brutalmente…» lesse ad alta voce.

Guardò Jane e inarcò le sopracciglia.

«Aprilo» disse lei, «e scorri fino al 1979.»

Dixon cliccò sul link di Wikipedia e aspettò che la pagina fosse caricata. Poi andò giù. Era una lunga lista che cominciava nel 1752 con l'omicidio di Colin Roy Campbell di Glenure. Per il 1979 c'erano cinque voci. Riprese a leggere.

«1979: Ralph Vodden; Luogo del ritrovamento: Royal West Norfolk Golf Club; Note: il 4 novembre 1979 fu ritrovato il corpo di Ralph Vodden. Era stato brutalmente assassinato e poi decapitato. L'ultima volta in cui era stato visto vivo, la sera del 3 novembre 1979, stava lasciando l'ambulatorio medico in cui esercitava. Il suo corpo fu rinvenuto in un'auto bruciata sulla spiaggia di Holkham, nella contea di Norfolk, e la sua testa ritrovata in un bunker del Royal West Norfolk Golf Club. Finora nessuno è stato condannato per l'omicidio.»

«Non può essere una coincidenza, vero?» chiese Jane.

«Certo che no, cazzo. Come ti è venuto…?»

«Ho ripensato al messaggio anonimo e ho deciso di fare una ricerca su Google per vedere cosa veniva fuori.»

«A parte quelli più eclatanti, allora, quali altri nessi ci sono fra i due casi, cervellona?»

«Non lo so, dimmelo tu.»

«Valerie Manning era un'infermiera e Ralph Vodden un medico. Questo balza agli occhi. Per il resto, non mi viene in mente niente.»

«Neanche a me.»

«Ma posso dirti cosa faremo domani pomeriggio.»

«Cosa?»

«Andremo nel Norfolk.»

---

Dixon bussò alla porta di Daniel Fisher in Warren Road, a Brean, poco dopo le 8.30 del mattino. La villetta a un piano si trovava sulla litoranea, si affacciava sulla strada e dava le spalle alla spiaggia. Era a metà strada fra il paese e il promontorio di Brean Down.

La casa era in vendita e Dixon immaginava che non sarebbe rimasta a lungo sul mercato. Non potevano però rischiare di perdere d'occhio Daniel Fisher, sarebbe stato senza dubbio un testimone chiave.

La villetta in sé era una costruzione di mattoni rossi con una veranda sul davanti e sembrava arroccata su un doppio garage. Dixon trovò strano che la veranda desse sull'entroterra e non sul mare.

Ad aprire la porta fu un uomo sulla trentina. Alto e magro, aveva capelli corti e scuri.

«Cerchiamo Daniel Fisher.»

«Sono io. Entrate.»

Dixon e Jane seguirono Fisher fino alla cucina, che si trovava in fondo alla casa.

«Sono appena tornato dal lavoro e sto mangiando un boccone.»

«Non si preoccupi, signor Fisher. Sono l'ispettore Nick Dixon e la mia collega è l'agente investigativo Jane Winter.»

«Non so quanto possa esservi d'aiuto, a essere sincero. Non l'ho visto bene, purtroppo.»

«Quindi era un uomo?» chiese Dixon.

«In realtà non so se fosse un uomo o una donna.»

«Okay. Cominciamo dal principio. Ha passato la serata a Burnham?»

«Sì.»

Jane prendeva appunti.

«Ho cenato con degli amici allo *Zalshah*. Abbiamo bevuto qualcosa al *Railway*, al *Pier* e al *Reeds*. Poi siamo andati in quel locale.»

«Il *Blue Sky's*?»

«Sì.»

«A che ora se ne è andato?»

«Verso l'una e mezza, credo. È stata una serata piuttosto noiosa, a dire la verità. Non potevo bere perché dovevo guidare.»

«Cos'è successo poi?»

«Ho accompagnato due amici che abitano in zona. Dividono un appartamento in Grove Road. Quindi sono tornato a casa.»

«Com'era il tempo?»

«Diluviava ed era buio pesto, ovviamente.»

«Aveva i tergicristalli in funzione?»

«Sì. Non al massimo, però. A velocità normale.»

«Mi racconti cos'ha visto allora» disse Dixon.

«Avevo appena svoltato l'angolo verso la chiesa di Berrow, quando ho notato un'auto sbucare dal parcheggio. Stava girando a destra in direzione di Burnham. Mi è sembrato strano, vista l'ora tarda, tutto qua.»

«Ha visto la persona alla guida?»

«Per qualche secondo.»

«Cosa indossava?»

«Vestiti scuri, è l'unica cosa che posso dirle. Un cappotto o una giacca con il cappuccio. Lo portava sulla testa.»

«L'ha vista in volto?»

«No, aveva il cappuccio ed era accovacciata sul volante. Forse si è anche girata dall'altra parte, ma non ne sono sicuro.»

«E la macchina?»

«Piccola e scura. Blu o nera, antracite forse. Abbastanza nuova. Poteva essere una Yaris o una Micra. Qualcosa del genere. Mi è parso strano perché poteva venire solo dalla chiesa.»

«Ha visto questa persona allontanarsi con la macchina?»

«Ho guardato nello specchietto retrovisore, ma non ho visto niente, purtroppo. O mi è sfuggita o ha aspettato che me ne andassi.»

«C'è qualcos'altro che può aggiungere?»

«Non mi viene in mente niente.»

«Be', se le viene in mente qualcosa, ce lo faccia sapere subito, per favore. La lasciamo dormire un po' ora. Dove lavora?»

«Alla *Storey Juices*, giù a Bridgwater. Facciamo succhi di frutta e altra roba.»

«Vedo che la sua casa è in vendita. Andrà lontano?»

«Questa è dei miei genitori. Stanno progettando di trasferirsi a Burnham.»

«Ci faccia sapere se cambia indirizzo» disse Dixon.

«Va bene.»

Jane aveva buttato giù una breve dichiarazione per Daniel Fisher, che lui lesse e firmò su ogni pagina. Tornati alla Land Rover, prese la parola.

«Ti sembra che confermi la nostra teoria?»

«Può darsi. Questo esclude il marito, direi. Se fosse stato lui, perché avrebbe preso l'auto se abita a due passi?»

«Vero» concordò Jane.

«Coraggio, passiamo a Burnham. Poi ci aspetta il Norfolk.»

Così dicendo si diresse a sud lungo Coast Road in direzione di Burnham-on-Sea. Quando svoltò a destra sulla strada che portava alla spiaggia, vide che non c'erano più agenti di polizia di guardia né nastri blu da rimuovere. Superò il *Sundowner Café* e continuò verso la riva. Guidò verso il punto in cui era stata trovata la Fiat Uno di Valerie Manning.

«Dove stiamo andando?» chiese Jane.

Dixon rimase in silenzio.

Parcheggiò la Land Rover con il muso rivolto verso il mare, spense il motore e fece il giro per far saltare giù Monty dal sedile posteriore. Anche Jane scese, in tempo per vedere il cane partire all'inseguimento della sua pallina da tennis.

«Che succede?»

«Volevo solo un minuto per riflettere.»

La marea si stava alzando e le onde si infrangevano contro la carena del *Nornen*.

«Sembra una di quelle lunghe navi vichinghe, vero?» chiese Jane.

«Ho sempre pensato che lo fosse, ma risale alla fine del diciannovesimo secolo. Si è arenata durante una tempesta.»

Dixon si fermò nel punto in cui era stata trovata l'auto di Valerie Manning.

«Era più o meno qui, vero?»

L'immagine di Valerie e dell'assassino nel parcheggio gli attraversò la mente come un lampo. Pensò a quello che era accaduto in quel posto soltanto qualche giorno prima. Abbassò lo sguardo e diede un calcio alla sabbia. Proprio allora Monty comparve ai suoi piedi con la pallina da tennis in bocca.

«È la prima volta» osservò Jane. «Non ha mai riportato la pallina prima d'ora.»

«No, infatti» disse Dixon.

Litigò con Monty per fargli mollare la presa. Alla fine il cane lasciò andare la palla e lui la lanciò sulla sabbia.

«Supponiamo che il dottor Vodden e Valerie Manning siano stati uccisi dalla stessa persona. Perché un lasso di tempo così lungo fra i due omicidi?» chiese.

«Potrebbero esserci innumerevoli ragioni» rispose Jane.

«È vero. Potrebbe anche non essere stata la stessa persona.»

«Lo stesso movente allora?»

«Per forza. La decapitazione parla chiarissimo, no?»

---

Era metà mattina e Dixon procedeva sulla M5 verso nord con la sua Land Rover. Jane era seduta sul sedile del passeggero e Monty dormiva su quello posteriore. L'ispettore capo Lewis aveva approvato la trasferta ed era stato fissato un incontro con l'ispettore Alan Dentus del quartier generale della polizia del Norfolk, a Wymondham, pochi chilometri a sud-est di Norwich.

Il caso dell'omicidio del dottor Ralph Vodden era ancora aperto, ma le indagini di fatto si erano interrotte. I fascicoli sarebbero stati recuperati dall'archivio quel pomeriggio. Su insistenza di Dixon era stato anche fissato un incontro con l'allora responsabile dell'indagine, l'ispettore capo John French, ormai in pensione, nella sua villetta di Cromer.

«C'è un *Premier Inn* a Norwich» disse Jane, che stava cercando una sistemazione per la notte con il telefono.

«Non accettano cani» rispose Dixon.

«Nessuno ruberà Monty se lo lasciamo in macchina, non credi?»

«È più probabile di quanto immagini. Combattimenti fra cani.»

«Oh, okay» disse Jane tornando a guardare il telefono.

Proseguirono in silenzio, lei che cercava di trovare una stanza per la notte e lui assorto nei suoi pensieri.

«Che ne dici dell'*Old Vicarage* a Thetford? È un bed and breakfast, ma accettano i cani.»

«Per me va bene» rispose Dixon. «Non dimenticare di prenotare due stanze.»

«Due?»

«La nota spese sembrerebbe strana altrimenti.»

Jane sorrise. Telefonò all'*Old Vicarage* e prenotò due stanze. Dieci sterline di sovrapprezzo per Monty.

«Mi sembra un po' eccessivo, non trovi?» commentò. «Soprattutto perché non userà il letto e non farà colazione.»

«Farà entrambe le cose. Ma noi non glielo diremo» ribatté Dixon.

Avevano raggiunto Bristol quando parlò di nuovo.

«Perché le persone si ammazzano tra loro, Jane?»

«Per soldi, per gelosia o per vendetta. Di solito, andando a stringere, il motivo è almeno uno di questi.»

Lui annuì e continuò a guidare. A sud di Birmingham si diressero a est sulla M42 e alla fine arrivarono nel Norfolk poco dopo le quattro di pomeriggio. Stava già facendo buio, dato che l'ora solare era rientrata in vigore due settimane prima. Si registrarono all'*Old Vicarage*, poi andarono al pub locale per cenare. Era consigliatissimo e accettava i cani, il che era un ulteriore vantaggio.

«Non mi hai mai detto come hai preso la medaglia della polizia» disse Jane.

«No, perché non l'ho presa.»

«Cosa?»

«Non ho preso la Queen's Medal, la medaglia al merito di servizio.»

«Ma avevi detto…»

«Ho preso la George Medal, quella al valore civile.»

«E come?»

«È una lunga storia.»

«Abbiamo tutta la sera.»

«In realtà la storia non è affatto lunga. Sono entrato da *Marks & Spencer* per comprare un sandwich. Ho sentito uno sparo, sono uscito e ho visto un uomo con una doppietta sul marciapiede opposto. Aveva un casco da motociclista ed era appena uscito dalla sala scommesse. Qualcuno lo ha seguito fuori e lui gli ha sparato alle gambe, poi ha cercato di prendere una moto che era parcheggiata all'angolo.»

«Quindi cos'hai fatto?»

«Ho attraversato di corsa la strada e l'ho placcato come su un campo da rugby. Abbiamo sfondato la vetrina di *Starbucks* e fine della storia, tutto qua.»

«Hai placcato un uomo armato?»

«Non mi sembrava così rischioso in quel momento. Era un fucile a due canne e aveva già sparato un colpo nella sala scommesse, oltre a quello lì fuori, perciò ho pensato che avesse finito le munizioni.»

«E poi?»

«Poi ho saputo che nella sala scommesse di colpi ne aveva sparati due e che aveva ricaricato il fucile prima di uscire. A quel punto me la sono quasi fatta sotto.»

Jane rideva così tanto che per poco non le andò di traverso il vino.

«Ho avuto culo, pare. In ogni caso, questo è quanto.» Dixon allungò una mano e le diede un colpetto sulla schiena. Lei smise di tossire e bevve un sorso di vino.

«Eroe per caso. Non era un film?» chiese.

«Va' a farti fottere.»

Il quartier generale della polizia del Norfolk, a Wymondham, era un grande complesso di edifici in mattoni rossi, situato a una quindicina di minuti da Norwich. Comprendeva diverse palazzine, tra cui il centro delle operazioni e delle comunicazioni, a giudicare dalle antenne sul tetto, e il blocco principale con gli uffici.

Alla reception furono accolti dall'ispettore Alan Dentus che, dopo le solite formalità, li accompagnò in una stanza al primo piano con ampie finestre affacciate sul parcheggio.

Sul tavolo trovarono tre scatole piene di fascicoli e nell'angolo una fotocopiatrice. Dentus parlò solo per offrire loro del tè o del caffè e per confermare che non aveva conoscenza diretta del caso Vodden. Era stato "archiviato" ben prima che arrivasse lui, a quanto pareva. Diede a Dixon il numero dell'interno a cui chiamarlo una volta finito, così sarebbe sceso e li avrebbe accompagnati all'uscita. Accese la fotocopiatrice e li lasciò al loro lavoro.

«Tu comincia da quella parte, Jane. Io inizierò da qui e ci incontreremo a metà. Fotocopia tutto quello che ti sembra interessante.»

Dixon aprì la scatola davanti a sé. Conteneva diverse cartelline blu, tutte spesse non più di un paio di centimetri. Prese la prima e lesse l'etichetta: DICHIARAZIONI DEI TESTIMONI. Iniziò con la testimonianza di un giardiniere del Royal West Norfolk Golf Club. Aveva trovato la testa recisa del dottor Vodden in un bunker al margine del green, alla dodicesima buca. Dixon non reputava strano che la testa fosse stata individuata da uno dei giardinieri dato che erano sempre loro i primi ad andare sul campo la mattina, la cosa davvero significativa era che fosse stata trovata alla dodicesima buca, così mise da parte la dichiarazione per fotocopiarla. Poi lesse quella della persona che aveva scoperto l'auto bruciata sulla spiaggia di Holkham mentre portava a spasso il cane. La aggiunse ai documenti da fotocopiare.

«Tu hai qualcosa, Jane?»

«Tabulati telefonici. Niente di entusiasmante.»

Dixon tornò alle dichiarazioni dei testimoni. Ne trovò una della vedova del dottor Vodden. L'ultima volta che aveva visto il marito era stata la mattina del suo omicidio e non le veniva in mente nessuno che potesse desiderare la sua morte. Seguivano diverse dichiarazioni dei colleghi dell'ambulatorio in cui lavorava Vodden. Era lì da sei mesi come sostituto. Dixon decise di fotocopiare tutti i fogli di quella cartellina e li mise da parte. Quindi aggiunse anche la scheda anagrafica di Vodden redatta dal servizio sanitario nazionale.

La cartellina successiva conteneva le trascrizioni degli interrogatori ed era decisamente più piena delle altre. Sembrava che qualsiasi uomo del posto con un passato violento fosse stato portato alla centrale e interrogato. Nell'indagine erano mancate chiaramente delle piste rilevanti, persino nella fase iniziale, perciò ogni potenziale colpevole era stato arrestato e trattenuto. Dixon chiuse la cartellina e la rimise nella scatola.

Sapeva che avrebbe dovuto fotocopiare il contenuto della terza cartellina, ma l'aprì e lo lesse comunque. Si trattava infatti della relazione dell'anatomopatologo. Andò subito alle conclusioni e le declamò ad alta voce.

«Causa della morte: 1a) infarto miocardico provocato da ferita da arma da taglio al cuore; e 1b) dissanguamento provocato dalla lacerazione al collo che ha reciso la carotide...»

«Lacerazione?» chiese Jane.

«Senti qua» continuò Dixon. «La testa è stata recisa dal corpo dopo la morte.»

«Be', questa non può essere una coinciden...»

«Contusione significativa sulla gola dovuta a costrizione, è possibile che sia stato legato al poggiatesta del sedile dell'auto. I sedili avevano il poggiatesta a quei tempi?»

«Lo scopriremo subito. Che auto guidava?»

Dixon diede una scorsa alle dichiarazioni dei testimoni.

«Una Rover 3500.»

Una rapida ricerca per immagini su Google dal cellulare confermò a Jane che la Rover 3500 in effetti aveva i poggiatesta.

«Non può essere una coincidenza» commentò.

«Hai mai pensato che lo fosse?»

Alle 11.30 avevano finito di spulciare nelle scatole e avevano fotocopiato tutti i documenti e le testimonianze che trovavano vagamente rilevanti. Dixon prese anche due fasci di fotografie rilegate e li nascose tra le fotocopie. Infine telefonò ad Alan Dentus, che arrivò per accompagnarli all'uscita.

«Sa per caso se la vedova è ancora viva?»

«No, è morta. Questo lo so per certo. Una decina di anni fa, mi sembra.»

«E i figli?»

«Non mi risulta che ne avesse.»

Dixon e Jane firmarono per uscire dal quartier generale della polizia del Norfolk e si avviarono alla Land Rover. Mezz'ora dopo erano sulla B1149 diretti a nord.

«Hai sbagliato strada. Dobbiamo prendere la A140 per Cromer» disse lei.

«Non stiamo andando a Cromer.»

«E allora dove?»

«Alla spiaggia di Holkham.»

Dixon uscì dalla A149 davanti a Holkham Hall, la residenza del conte di Leicester, e percorse Lady Anne's Drive. Era un viale alberato che portava dritto al mare e che un tempo costituiva l'accesso privato alla spiaggia dalla villa. Parcheggiò sul ciglio erboso alla fine della strada e fece scendere Monty.

«Forza, Jane. Abbiamo tempo. Non dobbiamo essere a Cromer prima delle due e mezzo.»

Attraversarono la riserva naturale di Holkham e arrivarono alla spiaggia. C'era la bassa marea e la distesa di sabbia era assai vasta, persino più di quella di Berrow. Un gelido vento da nord soffiava verso terra direttamente dal Mare del Nord e il freddo era pungente.

«Dov'era stata trovata l'auto?» chiese lei. «Presumo che siamo qui per questo.»

«Laggiù» rispose Dixon indicando un punto alle loro spalle. «E Monty ha bisogno di correre. Ci aspettano sei ore di macchina.»

Si girarono e tornarono al cancello alla fine di Lady Anne's Drive. Dixon svoltò poi in direzione est e camminò per un centinaio di metri lungo il margine della riserva naturale.

«Ecco, è qui che l'hanno trovata» disse a Jane prima di fermarsi.

La folta erba palustre si allungava fino alla spiaggia. Più all'interno, fra la riserva e la strada, svettavano dei pini. Un bel riparo per nascondere un'auto in fiamme.

«La marea arriva fin qui?»

«Non lo so» rispose Dixon. «Ha importanza?»

«No, suppongo di no.»

«Andiamo a Cromer a mangiare fish and chips.»

---

Il numero 87 di Burnt Hills, a Cromer, era una villetta in pietra grigia a un solo piano, la cui facciata era rivestita di legno bianco. Il vialetto nel quale Dixon parcheggiò portava a un garage singolo con la saracinesca verniciata di bianco.

Il giardino era immacolato, a conferma che la casa era abitata da un pensionato. Alla porta andò ad aprire una donna tra i settantacinque e gli ottant'anni con i capelli grigi.

«Entrate. Mio marito vi sta aspettando. È nella veranda.»

Dixon e Jane la seguirono sul retro della villetta.

«Gradite una tazza di tè?»

Accettarono entrambi.

Nella veranda furono accolti da un uomo alto con i capelli grigi e radi. Indossava dei pantaloni rossi di velluto, una camicia con il colletto aperto e un cardigan. Li guardò dall'alto in basso.

«Avete fatto presto, per la miseria.»

«Vodden 1979?» chiese Dixon.

«Ma come avete…?»

«Google» spiegò Jane.

«Sono John French, ispettore capo in pensione. Da vent'anni ormai.» Strinse la mano a Dixon e Jane, che si presentarono a loro volta.

«Cosa avete, allora?» chiese.

«Una donna di sessantotto anni. Assassinata. Decapitata. Il corpo è stato trovato in un'auto bruciata sulla spiaggia e la testa in un bunker alla dodicesima buca del Burnham & Berrow Golf Club» disse Dixon.

«Siete stati a Wymondham?»

«Stamattina.»

«Allora avete visto la relazione sull'autopsia del dottor Vodden.»

«Quasi identica.»

«Porca puttana.»

«Ti ho sentito.» La signora French comparve sulla porta con il vassoio del tè, che posò sul tavolino della veranda. C'era anche un piatto con dei biscotti al cioccolato.

Dixon e Jane erano seduti su un divano di bambù a due posti. John French prese posto su una poltrona di fronte a loro.

«Servo io il tè, Iris, tranquilla» assicurò alla moglie.

«Grazie mille, signora» disse Dixon.

«Cosa faceva nella vita Valerie Manning?» chiese French.

«Addetta alla mensa della scuola elementare.»

Jane lanciò un'occhiata a Dixon. Lui fece un cenno. Lei non disse nulla.

«Mi parli dell'omicidio di Vodden» riprese Dixon.

«Era il mio primo caso come ispettore capo e mi ha spezzato il cuore. Mi sono arenato quasi subito. Nessun avvistamento, niente testimoni, niente di niente. All'epoca ovviamente non avevamo né telecamere di sorveglianza né test del DNA.»

«Che mi dice del dottor Vodden?»

«Abbiamo scavato nella sua vita privata, in quella professionale, dappertutto. E non abbiamo trovato nulla. Non aveva difficoltà economiche, era felicemente sposato e non aveva problemi al lavoro. Abbiamo concluso che si fosse trattato dell'azione casuale di uno psicopatico.»

«Capita» commentò Dixon.

«Io ho sempre pensato che l'assassino avrebbe ucciso di nuovo. Non credevo che avrebbe aspettato tanto tempo, però.»

«Era un uomo secondo lei?»

«Doveva essere per forza un uomo. Una donna non ce l'avrebbe mai fatta.»

«Dai filmati delle telecamere di sorveglianza che abbiamo noi non si evince granché» intervenne Jane.

«Sono rimasto in contatto con la vedova per anni, ma non ho mai avuto buone notizie da darle. È morta nel 2004. Di cancro.»

«Avevano figli?» chiese Dixon.

«Sì, due, all'epoca avevano otto e undici anni. La figlia ha sposato un americano e si è trasferita a Washington. Il figlio è emigrato in Nuova Zelanda. Quello è stato il colpo di grazia per la madre, credo.»

«Dove viveva il dottor Vodden?»

«A Sheringham. Aveva una bella casa affacciata sul mare.»

«Dove esercitava all'epoca?»

«Lavorava come sostituto in un ambulatorio qui a Cromer, guarda caso. Era lì da sei mesi.»

«E prima?»

«In uno studio medico di Norwich, da quel che mi ricordo, e prima ancora a Thetford mi sembra. Faceva le sostituzioni, il che non è insolito per i dottori.»

«E non avete scoperto niente di strano nel suo passato lavorativo?»

«Niente di niente. Né problemi economici né screzi con i colleghi, niente. Siamo risaliti anche a tutti i pazienti che aveva curato, e non abbiamo trovato niente di interessante.»

«Fino a che periodo siete andati indietro?»

«All'epoca del suo trasferimento nel Norfolk. Circa tre anni prima, se non erro.»

«Che cosa speravate di scoprire tramite gli ex pazienti?»

«Qualunque cosa potesse sembrare insolita, in realtà. Relazioni con qualche paziente, diagnosi sbagliate, questo genere di cose. Non abbiamo trovato un bel niente. A detta di tutti era un ottimo medico.»

«Qualcuno dei colleghi è ancora vivo?»

«Sì. Almeno uno di loro esercita ancora qui a Cromer.»

«Probabilmente avrò bisogno di parlarci prima o poi.»

«Non dovrebbe essere un problema» disse French. «A cosa sta pensando?»

«Gli omicidi sono quasi identici. Ciò significa che si tratta dello stesso assassino o dello stesso movente. È possibile che l'assassino sia diverso, dato che tra un omicidio e l'altro sono passati più di trent'anni, ma il movente non può che essere lo stesso.»

«Vorrebbe dire che tra Valerie Manning e il dottor Vodden c'era un collegamento...»

«C'è» disse Dixon. «Non gliel'ho detto, ma Valerie Manning oltre a lavorare nella mensa scolastica era anche un'infermiera in pensione. A un certo punto la sua strada deve aver incrociato quella del dottor Vodden. Trovato quel punto, avremo individuato il movente.»

«Il collegamento è lampante» commentò French.

«Infatti» replicò Dixon. «Ha detto di aver indagato sulla sua vita professionale sin dal trasferimento nel Norfolk…»

«Sì.»

«E prima dove aveva esercitato?»

«A Burnham-on-Sea.»

# Capitolo 5

Dixon arrivò a casa poco prima di mezzanotte e, malgrado il viaggio di sei ore in macchina, non riuscì a dormire molto. Passò gran parte della nottata a camminare avanti e indietro al buio o a bere tè. Alle sei e mezzo del mattino era già sulla spiaggia di Berrow con Monty. Era una giornata serena e frizzante e spirava una brezza leggerissima. La marea si stava alzando e le onde, più che infrangersi, rotolavano sulla sabbia, quasi senza far rumore. Poco prima delle sette vide il sole sorgere a est e rischiarare un cielo azzurro e terso.

Aveva parcheggiato vicino al *Sundowner Café* e aveva camminato fino al punto in cui era stata trovata l'auto di Valerie Manning. Era convinto che esistesse un legame fra il suo omicidio e quello di Ralph Vodden. Sapeva anche che le indagini dovevano andare avanti. Una falsa pista in quel momento lo avrebbe portato in un vicolo cieco, come era successo all'ispettore capo French nel 1979.

Un'infermiera e un medico. Dixon era sicuro che le loro strade si fossero incrociate prima del 1976, anno in cui il dottor Vodden si era trasferito da Burnham nel Norfolk. Poteva anche essere successo dopo, ma era difficile. Avrebbe cominciato le ricerche dal 1976 e avrebbe proseguito a ritroso nel tempo. Se non avesse trovato niente avrebbe sempre potuto allargare il campo. All'epoca erano entrambi felicemente sposati, a detta di tutti, perciò era improbabile che il loro legame fosse di natura personale. Pur sempre possibile, ma improbabile. Restava quindi la sfera lavorativa, e cosa poteva legare un dottore a un'infermiera? La risposta non era così facile da trovare. Considerò le possibilità. Farmaci, magari, furto di materiale ospedaliero, soldi; le escluse tutte una alla volta. Quella più probabile era anche la più ovvia. Un paziente.

Guardò l'orologio. Le 7.20. Poi si guardò i piedi. Erano immersi in cinque centimetri d'acqua. Si inerpicò sulle dune di sabbia e tornò all'auto. Monty preferì raggiungere la Land Rover via spiaggia zampettando nell'acqua. Alle otto erano di nuovo al cottage di Brent Knoll. Jane dormiva ancora.

Dixon diede da mangiare a Monty e si stava preparando una ciotola di cereali quando lei comparve in cima alle scale. Era in camicia da notte.

«Da quanto sei in piedi?»

«Più o meno dalle due. Non riuscivo a dormire. Caffè?»

«Sì, grazie.»

Andò in cucina e mise a bollire l'acqua. Jane si sedette sul divano.

«Quanto tempo abbiamo?»

«Parecchio. Ho fissato un briefing alle nove.»

«Qual è il piano?»

«Partiamo dal 1976 e andiamo a ritroso.»

«Cosa dobbiamo cercare?»

«Pazienti. A un certo punto, prima che Vodden si trasferisse nel Norfolk nel 1976, devono essersi occupati dello stesso paziente o anche di più di uno.»

«È una mera supposizione.»

«Diciamo più un atto di fede. Ma qualcosa è successo, qualcosa è andato storto. E immagino che sia il motivo per cui Vodden si è trasferito nel Norfolk. Vorrei tanto poter parlare con la vedova, ma non si può.»

«Magari lei non conosceva il vero motivo.»

«Voglio la scheda anagrafica redatta dal servizio sanitario nazionale con tutti i dettagli su Valerie. Possiamo iniziare confrontandola con quella di Vodden. E voglio anche l'accesso alle cartelle dei pazienti che Vodden aveva in cura a Burnham.»

«Non sappiamo nemmeno in che ambulatorio lavorasse.»

«Dev'essere scritto nel fascicolo che abbiamo preso nel Norfolk. E dovremo parlare con i colleghi ancora in vita, nel caso. Per vedere se si ricordano qualcosa.»

«E che mi dici della privacy del paziente?»

«Chi se ne frega.»

La riunione era già iniziata quando Jane giunse alla stazione di polizia di Burnham. Aveva lasciato casa di Dixon con la sua macchina dieci minuti dopo di lui, per evitare di arrivare insieme.

«Entra» le disse lui. «Sei in ritardo.»

Dal fondo della sala lei gli lanciò un'occhiataccia.

«Stavo appunto aggiornando tutti sugli sviluppi nel Norfolk.»

«Sì, signore.»

Jane notò una fotografia del dottor Vodden fissata alla lavagna. Sotto, Dixon aveva scritto VODDEN 1979 con il pennarello rosso.

«Quindi abbiamo due omicidi, avvenuti a distanza di trent'anni, eppure chiaramente collegati. Jane e io ci concentreremo su questo» spiegò Dixon.

«Quale sarebbe il collegamento, signore?» chiese Pearce.

«Supponiamo che sia un paziente o una serie di pazienti. Entrambe le vittime erano felicemente sposate all'epoca, perciò per il momento possiamo escludere una relazione sentimentale. Potremo sempre tornarci in seguito, se non troviamo niente. Quindi resta il lavoro. Un dottore e un'infermiera. Cercheremo fra le cartelle dei pazienti per vedere di quali si sono occupati entrambi.»

«Sarà possibile reperire cartelle così vecchie?» intervenne Harding.

«Bella domanda, Dave» rispose Dixon. «Lo scopriremo presto. E abbiamo già una copia della scheda del servizio sanitario nazionale sul dottor Vodden.»

«Quindi stiamo escludendo il marito?» chiese Pearce.

«Sì.»

Dixon indicò la scatola di documenti che avevano portato dal Norfolk. Giaceva sulla scrivania davanti a lui.

«Jane, la scheda del dottor Vodden è lì dentro?»

«Sì, signore.»

Dixon lanciò un'occhiata all'agente Willmott.

«Qual è il tuo nome di battesimo?»

«Louise, signore.»

«Louise, puoi aiutare l'agente Winter a spulciare tra quelle carte in cerca di qualcosa che possa tornare utile? Ci sono un sacco di documenti dell'indagine del 1979. Non abbiamo avuto il tempo di esaminarli in dettaglio, così li abbiamo fotocopiati tutti.»

«Sì, signore.»

«Jane, comincia con il procurarti la scheda anagrafica di Valerie Manning dal servizio sanitario nazionale. E ci serve anche la lista dei pazienti del dottor Vodden per ogni anno in cui ha esercitato a Burnham. Lavorava all'Arundel House Surgery, in Love Lane.»

«Sì, signore.»

«Bene, che altro abbiamo scoperto?»

Silenzio.

«Niente?»

«Purtroppo niente, signore» rispose Harding. «Non abbiamo trovato nessuno che abbia visto qualcosa al *Morrisons* sabato sera. Anche le indagini porta a porta sono state un buco nell'acqua, perciò le sole cose che abbiamo sono la dichiarazione che vi ha rilasciato Daniel Fisher e i filmati delle telecamere a circuito chiuso.»

«Okay» disse Dixon, «organizziamo una ricostruzione completa per sabato prossimo. Dalle quattro del pomeriggio in poi. Chiederò all'ispettore capo Lewis di far venire le emittenti televisive. Servono diversi agenti che distribuiscano volantini. La solita procedura. Possiamo piazzare degli uomini al *Morrisons* e nei pub di fronte per tutta la sera: per parlare con i clienti uno per uno.»

«Sì, signore.»

«Vediamo se riusciamo a rinfrescare la memoria a qualcuno. Puoi occupartene tu, Dave?»

Harding annuì.

«Supponiamo che l'assassino abbia aspettato l'ultimo momento per nascondersi dietro la fermata dell'autobus. A un certo punto deve essere andato al *Morrisons* per controllare che l'auto di Valerie fosse lì. Giusto?»

«Potrebbe esserci passato davanti in macchina mentre andava alla chiesa di Berrow» ipotizzò Jane.

«Giusta osservazione» disse Dixon. «La telecamera del pontile riconosce automaticamente la targa, vero, Dave?»

«Vero.»

«Allora controlla tutte le auto che sono passate di là dopo le quattro del pomeriggio.»

«Va bene, signore.»

«Anche se sarà inutile. Tutti gli abitanti del posto sanno che lì ci sono le telecamere, ma vale la pena tentare. Qualcos'altro?»

L'agente Willmott alzò la mano.

«Sì, Louise?»

«Scusi, signore, ma se fosse stato un paziente che il dottor Vodden aveva in cura prima di trasferirsi nel Norfolk nel 1976, perché avrebbe aspettato il 1979 per ucciderlo? Sono più di tre anni.»

«Questa è proprio una bella domanda. Potrebbero esserci innumerevoli ragioni, però, e non dimenticare il vecchio detto: "La vendetta è un piatto che va gustato freddo".»

Finita la riunione Dixon si sedette a un computer per controllare le email, ma non trovò niente di interessante. Si era appena disconnesso dopo aver mandato un messaggio a Dave Harding per chiedergli di inviargli una copia del filmato in cui Valerie Manning veniva rapita nel parcheggio, quando Jane lo chiamò a gran voce dall'altra parte della sala dell'anticrimine. Aveva un telefono nella mano destra e copriva il ricevitore con la sinistra.

«L'ispettore capo Lewis in linea, signore. Dice che vuole vederla alle dieci.»

Dixon guardò l'orologio.

«Digli che sarò da lui alle undici, okay?»

---

Il numero 17 di Margaret Avenue era una villetta in mattoni rossi a un solo piano con due finestre nuove in PVC sul davanti. Dixon notò che quella accanto aveva ancora gli infissi originali, con il telaio in metallo e la vernice scrostata. Senza dubbio un agente immobiliare avrebbe detto che avevano bisogno di una rinfrescata. La proprietà della signora Emily Townsend era invece impeccabile. Il vialetto di cemento che portava all'ingresso era nuovo e sembrava fosse stato spazzato di recente. Dixon sapeva per esperienza che tenere pulito dalla sabbia il giardino antistante una casa vicino al lungomare di Burnham era quasi impossibile. Bussò alla porta e aspettò. Un cane si mise ad abbaiare. Poi sentì dei passi e una voce femminile che diceva al cane di stare zitto.

Ad aprire arrivò una donna sulla settantina. Aveva capelli castano scuro, chiaramente tinti, il viso rotondo e degli occhiali dalla montatura di osso consumata. Ne portava un altro paio appeso al collo con un cordoncino. Indossava un elegante completo di lana a due pezzi.

«Cerco la signora Townsend.»

«E lei è?»

«Ispettore Nick Dixon.»

«Meglio che entri.»

Così dicendo si spostò per farlo passare. Poi guardò nervosa da una parte all'altra della strada e arrossì quando vide che Dixon se ne era accorto.

«Vicini ficcanaso» spiegò scrollando le spalle.

Lui la seguì fino alla cucina in fondo alla villetta.

«Le va una tazza di caffè, ispettore?»

«Sì, grazie, molto gentile.»

«Si sieda pure» lo esortò la signora Townsend.

«Speravo che potesse rispondere a un paio di domande» disse lui accomodandosi.

«Certo, ma ho già rilasciato una dichiarazione al sergente Harding.»

«L'ho letta, ma avrei un altro paio di domande da farle, se non le dispiace.»

«Va bene.»

La Townsend passò a Dixon una tazza di caffè e un cucchiaino, mise la zuccheriera sul tavolo e si sedette di fronte a lui.

«Nella sua dichiarazione ha detto di essere stata collega di Valerie.»

«Sì, è così.»

«È un'infermiera?»

«Sono in pensione da un pezzo, ispettore. Ma sì, ero un'infermiera. Infermiera professionale. Dio solo sa come le chiamano oggi.»

«E Valerie?»

«Anche lei.»

«Dove lavoravate?»

«Ci siamo conosciute all'ospedale di Weston-super-Mare. Quello vecchio. Prima che lo demolissero e costruissero quello nuovo.»

«In quale reparto?»

«Pronto soccorso. Eravamo entrambe al pronto soccorso.»

«Quando?»

«Ci siamo conosciute nel gennaio del 1974. Abbiamo iniziato lo stesso giorno, ci crede? Sembra una vita fa.»

«Per quanto tempo avete lavorato insieme?»

«Io ho lasciato il pronto soccorso l'anno dopo, nel 1975. Sono passata a geriatria e poi ho finito per lavorare nel settore privato. Siamo rimaste amiche, però. Valerie ha continuato nel servizio sanitario nazionale fino alla pensione.»

«Quando è andata in pensione?»

«Dieci anni fa, credo.»

«Ed è rimasta nel pronto soccorso per tutto il tempo?»

«Sì. Le piaceva molto.»

«Cosa faceva? In cosa consisteva il suo lavoro?»

«Era l'infermiera addetta al triage. Doveva visitare i pazienti al loro arrivo e valutarli. Urgente, può aspettare, da mandare a casa… questo genere di cose.»

«Impegnativo.»

«Abbastanza. Gli ubriachi erano i peggiori. Negli ultimi tempi c'erano i tossicodipendenti. Credo che sia stata contenta di andare in pensione, a quel punto.»

«È stata mai aggredita?»

«Qualche volta. È il rischio professionale di chi lavora al pronto soccorso, soprattutto se fa il turno di notte il sabato.»

«E lei?»

«Una volta. Ecco perché ho cambiato reparto, anche se nelle corsie di geriatria non ero molto più al sicuro.»

«A Valerie è mai capitato di essere minacciata?»

«Di continuo. Ma non gli dava troppo peso. Non puoi farlo, altrimenti diventi matto.»

«Okay, a parte gli ubriachi e i tossicodipendenti, ricorda di qualcuno che l'avesse turbata o infastidita particolarmente? Stiamo parlando della fine degli anni Settanta.»

«È passato molto tempo.»

«Lo so.»

Emily Townsend scosse la testa.

«Le aveva menzionato qualche caso in particolare?»

«Non mi viene proprio in mente niente, ispettore.»

«È davvero molto importante, signora Town…»

Dixon lasciò cadere la frase e rimase in silenzio. Si era accorto che Emily Townsend non lo ascoltava più. Come assorta nei suoi pensieri.

«Siamo andate in vacanza insieme qualche anno fa. Una settimana a Marbella. È stata la prima e ultima volta che ne ha parlato.»

Dixon restò in attesa.

«Una bambina. L'aveva mandata via dal pronto soccorso. La piccola morì poco dopo, lo stesso giorno o forse il seguente. È tutto quello che so.»

«Quando è successo?»

«Non lo so, in realtà. Ma ho avuto l'impressione che il fatto risalisse a molto tempo prima.»

«Cosa glielo ha fatto pensare?»

«Ha raccontato che la tormentava da anni.»

«Le ha detto come si chiamava quella bambina?»

«No.»

«I genitori?»

«No. Non ha fatto nomi. È proprio l'unica cosa che ha detto in tutto il tempo che l'ho frequentata. E solo quella volta. Avevamo bevuto qualche bicchiere di vino e lei si è commossa un po'. Ha versato qualche lacrima.»

«Grazie, signora Townsend. È stata di grande aiuto.»

Dixon posò il suo biglietto da visita sul tavolo.

«Se le viene in mente qualcos'altro mi telefoni subito, anche se le sembra insignificante, d'accordo?»

«D'accordo.»

Arrivò alla stazione di polizia di Bridgwater poco prima delle undici del mattino. Aggiornò l'ispettore capo Lewis sull'avanzamento delle indagini e gli fornì anche un resoconto dettagliato dell'omicidio del dottor Vodden e dei collegamenti con il caso attuale. Lewis aveva il dubbio che Dixon si stesse concentrando troppo sui pazienti come unico possibile legame tra le due vittime, ma per il momento decise di lasciarlo fare.

Si mostrò invece subito favorevole alla ricostruzione fissata per il sabato sera e disse che l'avrebbe organizzata insieme all'addetta stampa, Vicky Thomas. Mentre usciva dalla centrale e si dirigeva alla sua Land Rover, Dixon sentiva ancora risuonare nelle orecchie il monito del suo capo: «Non mandare tutto a puttane».

Prima di tornare a Burnham pensò di fare una passeggiata a Victoria Park e stava giusto per togliere il guinzaglio a Monty quando gli squillò il telefono.

«Ciao, Jane, che succede?»

«Ne abbiamo un altro.»

«Dove?»

«In una palazzina all'inizio di Poplar Road.»

«Dove sei?»

«Sto andando lì.»

«Aspettami prima di entrare. Chiama anche la scientifica e Roger Poland, okay?»

«Va bene.»

Poplar Road portava direttamente alla spiaggia ed era transennata all'altezza dell'incrocio con Herbert Road. Appena arrivato, Dixon vide tre volanti della polizia e un'ambulanza parcheggiate vicino alla palazzina. Erano proprio a ridosso delle panchine affacciate sul mare. Notò l'auto di Jane in Herbert Road e parcheggiò a sua volta. Si era messo a piovere, così prese l'ombrello e s'incamminò verso il gruppo di agenti che aspettava. Jane si era riparata sotto la tettoia di un garage della proprietà di fronte e lui le fece cenno di raggiungerlo.

«Che succede, allora?»

Un agente in divisa si avvicinò per ripararsi sotto l'ombrello di Dixon e aprì il taccuino.

«Il signor John Hawkins, signore. La settimana scorsa non si era presentato alla consueta partita di bridge al circolo ricreativo e dato che non si è fatto vedere nemmeno ieri sera, la signora Norris ha deciso di passare da casa sua, il che è accaduto circa un'ora fa.»

«E?»

«Non rispondeva nessuno, così ha aperto la buca delle lettere e ha sbirciato dentro. È stato allora che ha chiamato il numero di emergenza.»

«Che cosa è riuscita a vedere?»

«Niente, signore. È bastato l'odore.»

«Qualcuno è già entrato?»

«Solo io» disse l'agente. «Non è un bello spettacolo.»

«La scientifica e l'anatomopatologo stanno arrivando?»

«Sì» disse Jane.

«Forza, Winter. Togliamoci il pensiero» sbottò Dixon, poi lanciò uno sguardo all'agente in divisa.

«Appartamento 21, signore. L'agente Jones è in fondo alle scale e vi accompagnerà di sopra. L'agente Heath invece è sulla porta.»

«Grazie.»

Dixon conosceva bene il complesso residenziale Seaview costruito vicino alla spiaggia. Molti anni prima lui stesso usava il giardino anteriore come scorciatoia per raggiungere la città quando c'era l'alta marea. Il complesso era di pietra grigia, o perlomeno rivestito in pietra grigia, ed era formato da tre palazzine collegate, ognuna delle quali conteneva otto appartamenti disposti su quattro piani. Tutti gli appartamenti avevano sul davanti un bovindo quadrato che si affacciava direttamente sul mare. E la vista era mozzafiato.

Guardò il retro del complesso e vide tre ingressi. L'appartamento 21 era nella terza palazzina. L'agente Jones era davanti all'entrata e si riparava dalla pioggia come meglio poteva. Lui e Jane gli mostrarono i distintivi.

«Terzo piano, signore. L'agente Heath vi accompagnerà dentro.»

«E gli altri inquilini?»

«Abbiamo chiesto a tutti di restare in casa.»

Dixon non era ancora arrivato al primo piano che già riconobbe l'odore. Era inconfondibile. John Hawkins era morto da diverso tempo, questo era chiaro. Al terzo piano trovarono Heath in piedi accanto alla porta dell'appartamento 21. Era aperta.

«Chiuda quella maledetta porta, agente» ordinò. Indicò una finestra sul pianerottolo. «E apra quella finestra, santo cielo.» Poi si rivolse a Jane. «Hai dei guanti?»

Dalla borsa lei tirò fuori due paia di guanti di gomma usa e getta. Gliene passò uno e indossò l'altro.

«Non sarà piacevole.»

Jane si limitò ad annuire. Stava trattenendo il fiato e non poteva parlare.

Quando Dixon varcò la soglia, il tanfo lo investì in tutto il suo orrore. Si girò e si rese conto che Jane stava per vomitare. Infilò una mano in tasca e prese alcuni sacchetti di plastica neri. Li divise in due mucchietti, se ne piazzò uno su naso e bocca e passò gli altri a Jane.

«Sacchetti profumati per cani» spiegò vedendo lo sguardo interrogativo di lei mentre faceva altrettanto.

Dixon percorse il corridoio ed entrò in salotto. Aprì le finestre che davano sul mare e per un attimo rimase lì a respirare l'aria fresca. Mentre si rimetteva i sacchetti su naso e bocca si fece da parte per far prendere una boccata d'aria anche a Jane.

La stanza era ordinata. Un divano a tre posti e due poltrone erano sistemati intorno a un tavolino in legno di pino. Sul tavolino c'erano due calici vuoti. Un finto camino era stato imbullonato alla parete e nell'angolo in fondo c'erano un piccolo tavolo da pranzo, sempre in legno di pino, e delle sedie. Sul tavolo era appoggiato un laptop aperto. Una porta dava sulla cucina. Lì notò una bottiglia di vino rosso aperta. Dixon faceva il poliziotto da tanto ormai e sapeva per esperienza che la bottiglia era sempre mezza vuota più che mezza piena.

Tornò nel salotto. Jane era ancora davanti alla finestra aperta. Poteva vedere il suo petto alzarsi a ogni boccata d'aria che prendeva. Toccò il radiatore. Era acceso. Questo spiegava l'odore così forte.

Imboccò di nuovo il corridoio e lo percorse per raggiungere il retro dell'appartamento. La porta della camera da letto principale era chiusa. Prese qualche respiro profondo, poi si assicurò che i sacchetti per cani gli formassero un sigillo ben stretto intorno alla bocca e al naso. A quel punto aprì.

Pur sapendo cosa doveva aspettarsi, Dixon non era preparato all'orrore della scena che gli si parò davanti. Il corpo senza testa del defunto John Hawkins era disteso sul letto matrimoniale, che adesso aveva l'aspetto di un budino ai frutti rossi. Era nudo e il processo di decomposizione era piuttosto avanzato. La pelle aveva delle rivoltanti chiazze nere, blu e gialle. Il sangue sul cuscino e sul materasso si era rappreso formando una disgustosa crosta rosso scuro.

Dixon notò il segno di una singola coltellata sul lato sinistro del petto di Hawkins. Se era stato lo stesso coltello che aveva ucciso Valerie Manning, la lama era senz'altro penetrata fino al cuore, uccidendolo all'istante. La testa era stata recisa a metà del collo. Sembrava che sulle pareti e sulla testiera ci fossero pochissimi schizzi di sangue, e da ciò intuì che il cuore di John Hawkins doveva essersi fermato prima che venisse decapitato.

Dixon si guardò intorno. C'erano due armadi a muro ai lati del letto e una cassettiera contro la parete dietro di lui. Di fronte al letto c'era una toeletta e alla sua destra, in un angolo della stanza, un lavabo.

Solo quando girò intorno al letto per affacciarsi alla finestra notò la testa mozzata di John Hawkins nel lavandino. Era poggiata su un lato, girata verso i rubinetti. Dixon si sporse per controllare gli occhi. Erano chiusi e l'espressione del viso era serena. John Hawkins non si era reso conto di quel che lo attendeva.

Jane comparve sulla porta della camera.

«Una sola ferita d'arma da taglio al cuore. Poi è stata recisa la testa. Non vorrei essere nei panni di Roger Poland stavolta» disse lui premendosi sulla bocca i sacchetti igienici.

«Dov'è l'altro pezzo?»

«Nel lavandino.»

Di nuovo, ne parlavano come di un oggetto.

Jane fece un passo avanti e guardò nel lavabo. Lo scolorimento della pelle era meno evidente perché John Hawkins aveva folti capelli grigi e la barba.

«Sembra quasi sereno» mormorò.

«Infatti. Puoi fare un salto fuori e scoprire quando arriveranno Roger Poland e la squadra della scientifica?»

Jane non se lo lasciò ripetere due volte.

Dixon tornò in salotto e si mise davanti alla finestra aperta per prendere un po' d'aria. Sostituì la mascherina improvvisata con una nuova e si voltò per studiare più attentamente la stanza. Sul tavolo da pranzo notò un mucchietto di lettere che erano state aperte e rimesse nelle buste. Le prese, poi tornò alla relativa sicurezza della finestra aperta per esaminarle una alla volta.

Era corrispondenza di routine. John Hawkins era metodico nel suo approccio: ogni lettera era stata aperta, letta e poi rimessa nella busta. Dixon trovò bollette del gas, della luce e dell'acqua, tutte pagate con addebito diretto. C'erano anche un estratto conto e due avvisi relativi a un imminente appuntamento in ospedale. Scorse anche diversi biglietti di compleanno, tra cui uno che conteneva una lettera della sorella, e per finire il resoconto della carta di credito e una comunicazione del dipartimento per il lavoro e le pensioni riguardante l'indennità per il riscaldamento nei mesi invernali.

L'ultima busta conteneva quello che Dixon stava cercando. Era un cedolino della pensione di John Hawkins relativo al mese di ottobre. E veniva dal servizio sanitario nazionale, ufficio pensioni.

Rimise il mucchietto di lettere sul tavolo da pranzo, a parte il cedolino, e uscì a cercare Jane. Vide che erano arrivati due furgoncini della scientifica e che lei stava aggiornando il responsabile della squadra, Watson. Dopo essersi fatto restituire l'ombrello dall'agente Jones, Dixon li raggiunse.

«Sembra ripugnante» commentò Watson.

«Lo è» confermò lui. «Secondo me è stato ucciso prima di Valerie Manning ed è rimasto lì dentro con il riscaldamento acceso per almeno una settimana.»

Watson si voltò per rivolgersi alla squadra, che stava scaricando l'attrezzatura dai furgoni.

«Mettete tutti la mascherina.»

«Sul tavolino ci sono due bicchieri da vino, perciò sembra che abbia avuto compagnia, e un computer sul tavolo da pranzo che va mandato alla squadra informatica.»

«Ci pensiamo noi» disse Watson.

«E Roger Poland?»

«Dieci minuti. Sta arrivando» rispose Jane.

«Lo aspetto. Nel frattempo devi fare una cosa per me.»

«Cosa?»

«A che punto sei con la scheda anagrafica di Valerie Manning?»

«L'ufficio archivi del servizio sanitario nazionale mi ha assicurato che me l'avrebbe fatta avere entro domani.»

«E le liste dei pazienti di Vodden?»

«Stessa cosa.»

«Non va bene. Urla e sbraita, se necessario, ma quei documenti ci servono entro oggi.»

«Okay.»

«Ci servirà anche la scheda di John Hawkins.»

«Anche lui lavorava in ambito sanitario?»

«Proprio così» rispose Dixon passandole il cedolino della pensione.

«Non può essere una coincidenza, vero?»

«Siamo sulla pista giusta.»

«C'è qualcosa che non mi stai dicendo?»

«Procurati quelle liste di pazienti. Ci aggiorniamo più tardi.»

Dixon guardò Jane incamminarsi lungo Poplar Road verso la sua auto, proprio mentre il dottor Poland parcheggiava dietro i furgoni della scientifica.

«Jane Winter ha detto che è una scena piuttosto raccapricciante.»

«È morto da giorni e in casa c'è il riscaldamento centralizzato acceso.»

«Be', non ho ancora pranzato.»

«Hai fatto bene.»

Roger Poland andò al bagagliaio della sua auto e prese la borsa, poi seguì Dixon fino all'ingresso comune a tutte le palazzine. Una volta dentro, si mise una tuta usa e getta e una mascherina. Ne passò una anche a Dixon e i due salirono le scale fino all'appartamento 21.

Quattro agenti della scientifica erano già al lavoro e Dixon vide i flash delle macchine fotografiche arrivare sia dal salotto sia dalla camera da letto sul retro.

«È lì dentro» disse indicando la stanza all'anatomopatologo.

Mentre Roger Poland faceva il suo lavoro, lui rimase alle sue spalle. Il medico osservò prima il corpo di John Hawkins e poi la testa recisa nel lavandino. Dopo neanche due minuti fece cenno a Dixon di seguirlo fuori.

Si fermarono davanti alla finestra aperta sul pianerottolo.

«Ho pensato che avresti gradito una boccata d'aria.»

«Grazie.»

«Hai visto la ferita da arma da taglio al cuore?»

«Sì.»

«Sembra sia stata procurata dallo stesso coltello e probabilmente è stata la ferita letale. A giudicare dalle macchie di sangue, la testa è stata recisa *post mortem*, e sembra che si tratti di nuovo di un coltello elettrico. Dovrò osservare il taglio al microscopio per darti conferma, però.»

«Da quanto è morto?»

«Da una settimana almeno, forse di più. Devo controllare le impostazioni del riscaldamento centralizzato. Ti farò sapere al più presto.»

«Bene, ti lascio lavorare.»

Dixon si avviò per le scale.

«Non siamo ancora andati a berci quella birra» disse Poland.

«No, ma dobbiamo. Dobbiamo proprio.»

Dixon bussò al numero 7 di Manor Drive poco dopo le 15.00. Peter Manning andò ad aprire la porta.

«Ci sono novità, ispettore?»

«Ci stiamo lavorando, signor Manning. Ho un paio di domande da farle, se può dedicarmi qualche minuto.»

«Sì, certo. Entri.»

Dixon seguì Peter in salotto. L'uomo si sedette sulla poltrona accanto al caminetto e lui sul divano.

«Spari pure.»

«Da quanto conosceva la signora Manning?»

«Ci siamo conosciuti nel 1972 e ci siamo sposati nel 1974.»

«È stato allora che si è trasferita all'ospedale di Weston-super-Mare?» chiese Dixon.

«Sì. È stato quando ci siamo sposati. Prima lavorava al Frenchay di Bristol.»

«Cosa faceva in quell'ospedale?»

«L'infermiera addetta al triage al pronto soccorso.»

«E di cosa si occupava quindi?»

«Il suo compito era fare una prima valutazione dei pazienti quando arrivavano. Il più rognoso, come diceva lei. Ma le piaceva molto.»

«Stressante, immagino.»

«Sì, infatti, e a volte pericoloso. Io la imploravo di cambiare reparto, ma lei non voleva.»

«Le è mai capitato di commettere errori?»

«In che senso?»

«Di aver fatto una valutazione sbagliata di un paziente, magari, e di averlo considerato come un caso non urgente quando invece lo era.»

«Non penserà sul serio che…?»

«È una pista che stiamo seguendo, signor Manning. Per favore, può dirmi se le viene in mente…?»

«C'è stato un caso, che io ricordi.»

«Riguardava una bambina?» chiese Dixon.

«Sì, una bambina. Morì.»

«Si ricorda il nome?»

«No. Val pensava che avesse solo l'influenza e la mandò a casa.»

«Cosa accadde?»

«La bambina morì il giorno dopo. Si scoprì che aveva la meningite.»

«E non riesce proprio a ricordare il nome?»

«Mi dispiace.»

«Fu avviata un'inchiesta?»

«Sì. Val testimoniò al processo.»

«Lei era presente?»

«No, Valerie non aveva voluto.»

«Quando è successo?»

«Non molto tempo dopo che ci siamo sposati. Doveva essere il 1974 o il 1975, quindi.»

«Cos'è successo dopo?»

«Niente, che io sappia. Non ne ha più fatto parola. Non penserà davvero che questo abbia a che fare con il suo omicidio.»

«Non lo so, in realtà, signor Manning, ma le assicuro che lo scoprirò.»

Dixon si sedette nella sua Land Rover e telefonò a Jane.

«Che novità ci sono riguardo alle liste dei pazienti di Vodden?»

«Ha lavorato allo studio medico Arundel House dall'agosto del 1971 al marzo del 1976. Hanno promesso di mandarmi le liste via fax oggi pomeriggio. Dal primo gennaio di ogni anno.»

«Bene. Fammi sapere appena arrivano e stampami delle copie in più per gli anni '74, '75 e '76.»

«Va bene.»

«Ci vediamo dopo» disse Dixon, e riagganciò.

# Capitolo 6

Mancavano pochi minuti alle quattro quando Dixon parcheggiò davanti all'entrata di Shire Hall, un imponente edificio di pietra grigia in stile gotico, con parapetti e torrette. Un tempo sede degli uffici comunali, era ormai diventato il tribunale di Taunton e il luogo in cui si celebravano i processi su morti sospette presieduti dal coroner del West Somerset.

Una guardia giurata lo individuò subito.

«Non può lasciarla lì.»

«Torno fra dieci minuti. Tienimela d'occhio, okay?» ribatté Dixon mostrando il distintivo.

La guardia lo lasciò passare.

«Dove trovo il coroner?»

«Salga le scale e giri a destra. È nell'aula uno.»

«Grazie.»

Dixon corse su per le scale e rallentò il passo solo quando arrivò alla porta dell'aula uno. La aprì senza fare rumore, entrò e lasciò che si richiudesse alle sue spalle. Il coroner del West Somerset, Michael Roseland, stava presiedendo il processo per la morte di un uomo rimasto ucciso in un incidente di acqua scooter vicino a Burnham-on-Sea. Un avvocato controinterrogava un testimone. Il messo del tribunale alzò lo sguardo. Dixon lo salutò con la mano e gli fece cenno di uscire. Quello recepì il messaggio e lo seguì in corridoio.

Mostrò di nuovo il distintivo.

«Devo parlare urgentemente con il coroner.»

«È nel mezzo di un'udienza...»

«Sto indagando su un triplice omicidio e devo parlargli subito. Gli chieda di sospenderla per cinque minuti. È tutto quello che mi serve.»

Il messo guardò di nuovo il distintivo.

«Tra mezz'ora stacca.»

«Subito, per favore.»

«Mi segua.»

Dixon seguì il messo nell'aula uno e aspettò in fondo alla stanza. Lo vide avvicinarsi al coroner e sussurrargli qualcosa all'orecchio. A quel punto Roseland si sporse in avanti e con la mano coprì il microfono che aveva sullo scranno davanti a sé. Lanciò un'occhiata a Dixon e poi una al messo.

«Signore e signori, purtroppo è sopraggiunta una questione urgente. Ci sarà una breve sospensione. Non più di cinque minuti, mi dicono.»

E si alzò per uscire da una porta alle sue spalle.

«In piedi» annunciò il messo.

Tutti i presenti si alzarono. Poi si girarono a guardare Dixon.

«Spero per lei che sia importante. Non è stato contento dell'interruzione. Affatto» gli disse il messo raggiungendolo e accompagnandolo a una porta chiusa a chiave che conduceva a un lungo corridoio.

Dixon lo ignorò.

«Prego» gli disse ancora quando gli aprì una grossa porta di quercia intagliata. «Ispettore Dixon, signore» annunciò poi entrando.

«Grazie, James. Ti chiamerò con l'interfono quando sarò pronto a tornare in aula.»

«Non ci vorrà molto, signore» assicurò Dixon.

Il messo lasciò la stanza.

«Allora, di che si tratta, ispettore?»

«Sto indagando su un triplice omicidio, signore. Ho tre persone a cui è stata recisa la testa. Due negli ultimi giorni, una nel 1979.»

«Buon Dio.»

«Ho necessità di accedere ai dossier dei processi risalenti alla metà degli anni Settanta. Sono tutti nell'archivio del Somerset e mi serve il suo permesso scritto, a quanto mi dicono, signore.»

«Be', ci vuole poco.»

Il coroner aprì il primo cassetto della scrivania e prese un foglio di carta. Lesse ad alta voce mentre scriveva.

«Il sottoscritto autorizza l'ispettore Dixon ad accedere a tutti i dossier dei processi di cui possa necessitare…»

«E a farne delle copie, per favore, signore.»

«… e a fare delle copie dei suddetti. Firmato Michael Roseland, coroner del West Somerset.»

Passò la lettera a Dixon.

«Le serve altro, ispettore?»

«No, signore. Grazie.»

«Immagino che mi informerà dell'esito a tempo debito.»

«Certo, signore.»

Dixon stava andando verso la porta.

«E buona fortuna.»

«Grazie, signore.»

---

Dixon arrivò al Somerset Heritage Centre poco prima delle 16.30. Era un grosso complesso di edifici alla periferia di Taunton, costruito appositamente per archiviare i documenti scritti e iconografici del Somerset.

«Devo consultare dei fascicoli relativi ad alcuni processi risalenti alla metà degli anni Settanta, per favore. E devo farlo urgentemente» disse alla receptionist dopo aver mostrato il distintivo.

«Non accettiamo richieste di consultazione un'ora prima della chiusura, e chiudiamo alle 17.00.»

Dixon prese un respiro profondo. Nel notare una telecamera a circuito chiuso sopra il banco della reception, aveva deciso di mantenere la calma.

«C'è un dirigente che possa aiutarmi?»

Vide la receptionist guardare l'orologio alla parete.

«È piuttosto urgente» ribadì.

La donna sospirò e alzò il telefono.

«I fascicoli processuali sono custoditi nell'archivio documenti. Vedo se la direttrice della sezione è disponibile.»

Dixon camminò su e giù per l'area della reception.

«Sta arrivando» gli comunicò infine la receptionist.

Qualche istante più tardi si aprì una porta di fronte al banco.

«È lei il poliziotto?»

«Sì. Sono l'ispettore Nick Dixon.»

«Mi chiamo Rachel Smerdon. Sono la direttrice della sezione documenti.»

Aveva poco più di vent'anni e i capelli castano scuro le arrivavano all'altezza delle spalle. Indossava dei pantaloni scuri e una camicetta bianca.

«C'è un posto in cui possiamo scambiare due parole?» chiese Dixon.

«C'è una sala colloqui laggiù» disse la Smerdon indicando la porta.

«Sto indagando su tre omicidi. Le risparmierò i dettagli cruenti. Due sono recenti e uno è stato commesso nel 1979. Sono collegati alla morte di una bambina avvenuta fra il 1974 e il 1976. Forse nel 1979, ma cominceremo a scavare dal 1976. A quanto ho capito una delle vittime dei miei omicidi ha testimoniato nel processo sulla morte della bambina.»

«È facile. Come si chiamava la bambina?»

«Non lo so.»

«Allora non è così facile.»

«Infatti. È possibile che riesca a trovare un nome o almeno a restringere il campo. Ma per il momento devo esaminare ogni singolo fascicolo finché non trovo quello giusto.»

«Le servirà l'autorizzazione del coroner.»

Dixon le consegnò la lettera di Michael Roseland.

«I documenti di quel periodo non sono digitalizzati. Dovrà spulciare i vecchi schedari.»

«E i fascicoli? Sono raggruppati?»

«Sì. In varie scatole.»

«Quanto alle schede, che informazioni contengono?»

«Devo dare un'occhiata. Di sicuro devono esserci nome, data di morte e verdetto. Forse anche la data di nascita, ma devo controllare.»

«Quante scatole ci sono?»

«Una montagna.»

«Riuscirebbe a tirarmele fuori?»

«Le schede?»

«Anche i fascicoli.»

«Ma non sa quali.»

«Tutti.»

«Maledizione.»

«È sano lavoro di polizia vecchio stile. Tornerò domani mattina presto insieme a qualcuno che mi aiuti e cercheremo finché non troveremo quello che ci serve.»

«Sì, posso recuperarle i fascicoli, ma non sarà facile.»

«A che ora aprite la mattina?»

«Alle nove, ma io posso essere qui per le sette. Comincerò a cercare i fascicoli.»

«Posso avere il suo numero di telefono, Rachel? Se dovessi riuscire a restringere il campo prima di domani le farei risparmiare un sacco di tempo.»

Si scambiarono i numeri di telefono e si accordarono per incontrarsi al Somerset Heritage Centre l'indomani alle sette.

Dixon telefonò a Jane dalla Land Rover.

«Hai le liste dei pazienti di Vodden?»

«Sì.»

«E la scheda anagrafica di Valerie?»

«Anche quella.»

«Qualcosa di interessante?»

«Non proprio.»

«Okay. Sto tornando a casa. Passo a prendere del cibo cinese?»

«Dove sei?»

«A Taunton.»

«E che ci fai lì?»

«Te lo spiego dopo. Ti va di mangiare qualcosa da asporto?»

«Sì. Vuoi che porti le liste?»

«Sì, grazie. Sarà una lunga notte.»

Dixon arrivò a casa poco prima delle 18.30. Dalla cassetta delle lettere spuntava un biglietto.

*Sono al* Red Crow. *Jane*

Mise il cibo cinese nel forno per tenerlo in caldo e poi andò al pub lì di fronte con Monty. Jane era seduta al bancone con un bicchiere.

«È ridicolo. Devo procurarti un duplicato delle chiavi» disse.

«Le chiavi? Le cose si fanno serie» commentò lei. «Dov'è la cena?»

«In forno. Ho tempo per una birra.»

Ordinò una pinta e si sedettero a un tavolo d'angolo in fondo al bancone.

«Che mi racconti, allora?» chiese Jane.

«Sono andato da Emily Townsend.»

«L'amica che ha lasciato Valerie al parcheggio del *Morrisons*?»

«Esatto. Amica e...» Dixon fece una pausa. «... ex collega.»

«Cazzo. Davvero?»

«Hanno cominciato a lavorare al pronto soccorso di Weston lo stesso giorno, nel 1974, e sono rimaste amiche da allora.»

«Quindi?»

«Emily non ce la faceva a stare al pronto soccorso ed è passata a geriatria, mi pare. Valerie invece è rimasta. Era l'infermiera addetta al triage. Toccava a lei la valutazione iniziale appena arrivava un paziente. Ne ha parlato solo una volta con Emily. Erano in vacanza e Valerie aveva bevuto qualche bicchiere di vino, così le ha confessato di essersi sbagliata, quando era agli inizi, e di aver mandato a casa una bambina che poi era morta.»

«Una paziente del dottor Vodden?»

«Questo è da vedere. Peter Manning ha confermato le parole della Townsend. Pare che Valerie avesse testimoniato a un processo sulla morte di una bambina non molto tempo dopo il loro matrimonio. Gli sembra che fosse il 1975. Si erano sposati nel 1974.»

«E nessuno riesce a ricordare il nome?»

«Sarebbe troppo facile» rispose Dixon. «Speravo che nella scheda di Valerie ci fosse una copia della sua dichiarazione.»

«Non siamo così fortunati. E poi dove sei andato?»

«Prima dal coroner e poi all'archivio generale del Somerset. La direttrice della sezione documenti ci farà trovare i fascicoli di tutti i processi domani mattina e noi li spulceremo uno a uno finché non troveremo quello che ci serve.»

«Potrebbero volerci giorni» osservò Jane.

«Non se riusciamo a trovare una bambina deceduta fra i pazienti del dottor Vodden.»

«E come facciamo?»

«Cerchiamo nelle liste dei suoi pazienti chiunque compaia il 1º gennaio 1975 ma non risulti più il 1º gennaio 1976. Alcuni si saranno trasferiti, altri saranno morti e altri ancora avranno cambiato medico. Ma intanto possiamo restringere il campo, non trovi?»

«Hai già visto queste liste?»

«No.»

«Sono infinite.»

«Allora bevi. Sarà una notte più lunga di quanto pensassi.»

Dixon guardò la lista dei pazienti del dottor Vodden datata 1º gennaio 1974. C'erano nome, numero dell'assistenza sanitaria, data di nascita e indirizzo di 851 pazienti.

«Ecco come procederemo. Tu guarda la lista del gennaio 1975 e io leggerò ad alta voce tutti i pazienti sulla mia nati dopo il 1º gennaio 1964. Cerchiamo qualsiasi bambino il cui nome figuri sulla mia lista ma non sulla tua. Okay?»

«Okay.»

«Dopodiché ripetiamo il procedimento con le liste del 1975 e del 1976.»

«D'accordo.»

«Dovremmo ricavarne una lista di bambini che per qualche motivo hanno cessato di essere pazienti del dottor Vodden nel 1974 o nel 1975. Se necessario, esamineremo le altre liste domani.»

Dixon si mise all'opera.

«Cominciamo. Adams, Simon John. Nato il 2 dicembre 1966.»

«Ancora nella lista» disse Jane.

«Ancora vivo il 1º gennaio 1975, quindi.»

A mezzanotte avevano finito di raffrontare la lista del 1974 con quella del 1975. Dixon guardò l'elenco di nomi che aveva annotato sul retro di una bolletta del gas.

«Tredici. Tredici pazienti che sono morti o hanno cambiato dottore o si sono trasferiti altrove nel 1974.»

«Sono un bel po', non credi?»

«Non so se siano tanti o pochi. Ma non dimenticare che a quei tempi a Burnham c'era un collegio, perciò alcuni di loro possono essere stati degli studenti.»

«Potrebbe essere una spiegazione» riconobbe Jane.

Dixon cominciò a leggere i nomi della lista del 1975. Jane li confrontò con quelli della lista del 1976 e all'una del mattino avevano aggiunto altri dieci nomi all'elenco.

«È ora di andare a letto» disse lui.

Alle sette erano davanti all'ingresso riservato ai dipendenti del Somerset Heritage Centre, come concordato con Rachel Smerdon il giorno prima. Il parcheggio era deserto a parte la loro auto. Dixon aveva inviato un messaggio alla responsabile per farle sapere che avevano ristretto il campo a un elenco di ventitré nomi. Lei aveva risposto dicendo che stava arrivando.

Pochi minuti dopo, una Ford Ka nera svoltò nel parcheggio e occupò il posto accanto alla Land Rover di Dixon.

«Avete passato la notte in bianco, dunque» disse Rachel dopo le presentazioni.

«Ci è voluto meno di quanto mi aspettassi» rispose lui, «ma abbiamo controllato solo due anni. I più probabili, in base a quello che sappiamo finora.»

Rachel li accompagnò nel proprio ufficio e accese la macchinetta del caffè. Lui le passò l'elenco di nomi.

«Questa è una lista di ventitré bambini che hanno cessato di essere pazienti del dottor Ralph Vodden nel 1975 o nel 1976. Alcuni si saranno trasferiti o avranno cambiato medico, ma qualcuno deve essere morto. E spero che almeno uno di questi sia stato oggetto di inchiesta.»

«Servitevi pure» disse Rachel, indicando la macchinetta del caffè. «Io vado a vedere cosa riesco a trovare. Potrebbe volerci un po', però.» Si chiuse la porta alle spalle.

«E se non trova niente?» chiese Jane.

«Qualcosa troverà. E se così non fosse, allargheremo il campo.»

Dixon prese una copia della *Somerset County Gazette* e finse di leggerla. Jane chiuse gli occhi e finse di dormire. Nessuno dei due voleva affrontare quella conversazione.

Erano passati circa venti minuti quando Rachel Smerdon riapparve. Portava tre fascicoli, tutti di colore marrone chiaro e spessi un paio di centimetri o poco più. Li consegnò a Dixon.

«Prego, ispettore. Tre. Mi aspettavo di non trovarne neanche uno, a dire la verità.»

«Dovremo esaminarli con molta attenzione...»

«D'accordo. Vi lascio lavorare. Mi chiami sul cellulare quando avrete finito.»

Dixon passò a Jane il primo fascicolo. Quindi guardò il secondo della pila.

Apparteneva a Rosemary Claire Southall. L'etichetta sulla copertina riportava come data di nascita il 25 marzo 1972 e come data di morte il 17 settembre 1974. Due anni e mezzo, pensò. L'udienza aveva avuto luogo l'11 febbraio 1975. Come causa della morte veniva indicata la meningite e il coroner aveva registrato le motivazioni del verdetto in forma descrittiva.

Dixon aveva trovato il fascicolo che cercava.

Lo aprì. Il primo documento era il verdetto. Dixon sapeva che il verdetto in forma descrittiva era riservato ai rari casi in cui il coroner doveva aggiungere ulteriori spiegazioni o commenti invece di limitarsi a emettere un semplice verdetto di morte accidentale, di morte per cause naturali, aperto o di morte per infortunio.

Lesse ad alta voce.

«Causa del decesso: 1a) meningite. Verdetto... cause naturali... a cui ha contribuito la negligenza e/o la superficialità... gravi mancanze... ha sottovalutato la rilevanza dei segni vitali... non avrebbe dovuto essere dimessa... errore grossolano da imputare...»

Jane smise di leggere il suo fascicolo e alzò lo sguardo.

«Sembra lei.»

«Proprio così. Diamo un'occhiata alle dichiarazioni dei testimoni, vuoi?»

Dixon diede una scorsa ai documenti nel fascicolo. Tirò fuori una dichiarazione e la sbatté sulla scrivania.

«Dottor Ralph Vodden. Sono un medico di base...»

Buttò sulla scrivania una seconda deposizione.

«Valerie Manning. Sono un'infermiera del pronto soccorso...»

E poi un'altra.

«John Hawkins. Sono un paramedico in servizio sulle ambulanze...»

Si fermò.

«Maledizione.»

«Cosa?»

Jane aspettò.

«Che c'è?» insistette.

«Ce ne sono altre due.»

«Chi?»

«Sandra Gibson. Segretaria dello studio medico Arundel House.»

Dixon cominciò a leggere la deposizione.

«E poi?»

Lui tornò alle altre dichiarazioni.

«Il dottor Julian Spalding, membro del Reale Collegio dei chirurghi, pediatra all'ospedale di Weston-super-Mare.»

«Che fine avranno fatto?»

«Dobbiamo scoprirlo alla velocità della luce. Che ore sono?»

«Quasi le otto» rispose Jane.

«Voglio un briefing alle nove. Vedi se riesci a far venire anche Lewis.»

Mentre Jane chiamava Dave Harding, Dixon telefonò a Rachel Smerdon. Il cellulare della giovane squillò nel corridoio e la porta si aprì senza che lei rispondesse.

«Avete trovato quello che cercavate?»

«Sì. Dovrò prendere questo fascicolo, Rachel.»

«Non posso farlo uscire, ma può fotocopiarlo.»

«Non c'è tempo, purtroppo.»

«Ma...»

«Ha letto della donna che è stata decapitata lo scorso sabato?»

«Sì. Non mi dica che...»

«Ieri abbiamo trovato un'altra vittima.»

Rachel aprì la bocca ma non disse niente.

«Entrambe avevano prestato testimonianza in questo processo» spiegò Dixon indicando il fascicolo. «Insieme ad altre due persone che sono ancora vive. Dobbiamo trovarle e non posso perdere tempo a fare fotocopie.»

«Lo prenda.»

Erano le otto e qualche minuto di una mattina grigia e nuvolosa di novembre. Jane guidava la Land Rover di Dixon sulla M5 in direzione nord. Lui era seduto dal lato del passeggero e leggeva il fascicolo dell'inchiesta sulla morte di Rosie Southall.

Arrivarono alla stazione di polizia di Burnham-on-Sea poco prima delle 8.30. Jane lasciò Dixon seduto in macchina ed entrò nella centrale. Lui stava ancora leggendo quando qualcuno bussò forte al finestrino del passeggero. Era l'ispettore capo Lewis. Dixon scese dall'auto.

«Spero proprio che sia importante, Nick.»

Il briefing cominciò alle nove in punto.

«Rosie Southall. Deceduta il 17 settembre 1974. Età: due anni e mezzo. Il processo è stato celebrato nel febbraio del 1975. Questo è il fascicolo» disse Dixon, sollevandolo. «La causa del decesso è meningite. Il coroner ha emesso un verdetto di morte per cause naturali, a cui ha contribuito la negligenza e/o la superficialità dello staff medico che l'aveva assistita. In altre parole, è morta per negligenza medica.»

«E il dottor Vodden e Valerie Manning facevano parte di quello staff?» chiese Lewis.

«Sì. E anche John Hawkins.»

«Questa sì che è una svolta.»

«Sì, Mark» confermò Dixon. «È una storia lunga, ma farò un sunto.» Si versò un bicchiere d'acqua dal distributore. «La dichiarazione della madre, Frances Southall, fornisce il quadro generale dell'accaduto. La mattina del 16 settembre Frances era preoccupata per la figlia. Rosie aveva la febbre alta e faceva fatica a respirare. Così la madre l'ha portata dal dottore.»

«Ralph Vodden dello studio medico Arundel House?»

«Esatto, Dave. Nella sua dichiarazione Vodden afferma di aver pensato che non fosse niente di grave e di averla rimandata a casa. A quanto pare ha detto a Frances di darle del paracetamolo in sciroppo, il Calpol.»

«Il Calpol esisteva già all'epoca?» chiese Jane.

«Evidentemente sì» replicò Dixon. «In ogni caso, le condizioni di Rosie sono peggiorate nel corso della giornata, perciò Frances l'ha portata di nuovo da Vodden verso le tre del pomeriggio. Lui era fuori per delle visite e la segretaria, Sandra Gibson, non le ha consentito di farla visitare da un altro dottore. Ha detto a Frances di riportarla a casa e di metterla a letto.»

«La segretaria le ha detto questo?» chiese l'ispettore capo.

«Sì, signore.»

Lewis scosse la testa. Dixon continuò.

«Il padre è arrivato a casa alle sei del pomeriggio. Rosie stava ancora male, perciò hanno chiamato un'ambulanza. E qui entra in scena John Hawkins, che li ha portati all'ospedale di Weston-super-Mare.»

«Dove hanno incontrato Valerie Manning?»

«Sì, Dave.»

«È andata a finire male, vero?»

«Purtroppo sì» rispose Dixon. «Valerie pensava che Rosie avesse l'influenza. Ha consultato il pediatra, il dottor Julian Spalding, ma basandosi sulla valutazione iniziale di Valerie lui si è rifiutato di visitare la bambina. Così Valerie l'ha rimandata a casa. A mezzanotte le condizioni di Rosie erano talmente peggiorate che il padre, David, ha chiamato l'ambulanza per la seconda volta. Sfortunatamente in servizio c'era ancora John Hawkins, che si è rifiutato di portarli di nuovo all'ospedale. Ha detto che gli stavano solo facendo perdere tempo, stando alla dichiarazione di Frances Southall.»

«Perdere tempo?»

«Sì, Jane.»

«Cos'è successo dopo?» chiese Lewis.

«Rosie Southall è morta fra le braccia della madre la mattina dopo alle cinque.»

Dixon si guardò intorno nella stanza. Silenzio. Louise Willmott aveva le guance rigate dalle lacrime.

«Mi scusi, signore. Ho una bambina di due anni a casa.»

«Okay, sentitemi tutti, quel che è fatto è fatto. Cerchiamo di risolvere questo casino, adesso, va bene?»

«Sì, signore» disse Mark Pearce.

«Supponiamo che il padre di Rosie, David Southall, li stia uccidendo per vendetta...»

«E chi potrebbe biasimarlo?»

«Forza, Mark, sai come vanno queste cose. Non possiamo lasciarci prendere da sentimenti del genere.»

«No, signore.»

«Allora torniamo alla tua domanda, Louise.»

«La mia?»

«Sì. Perché questi intervalli di tempo? Sono passati tre anni prima che uccidesse il dottor Vodden e più di trenta prima che assassinasse gli altri due. E che significato ha la decapitazione?»

«Deve avere per forza un significato?» chiese Pearce.

«Sì, Mark. È un atto dimostrativo troppo forte per non averne uno. Ma procediamo con ordine. Abbiamo due testimoni al processo di cui non abbiamo notizie. Dave, voglio che molli tutto e trovi il dottor Spalding, il pediatra.»

«Sì, signore.»

«Probabilmente è in pensione ormai, perciò prova a sentire il dipartimento per il lavoro e le pensioni, l'ufficio pensioni del servizio sanitario nazionale e il Reale Collegio dei Chirurghi.»

Dave Harding stava prendendo appunti.

«E come al solito controlla liste elettorali, dichiarazioni dei redditi, ispezioni fiscali. Quando lo avrai trovato, mettilo sotto protezione. Se qualcuno ti crea problemi, fammelo sapere.»

Dixon si rivolse poi a Pearce.

«Mark, voglio che trovi la segretaria, Sandra Gibson. Louise, puoi aiutarlo?»

«Sì, signore» rispose la Willmott.

«Trovatela e mettete sotto protezione anche lei. E non fatevi intimidire da nessuno.»

«E tu cosa farai?» chiese Lewis.

«Io e Jane andremo a cercare i genitori di Rosie.»

«E la ricostruzione fissata per sabato sera?»

«Si farà. Voglio che l'assassino creda che stiamo ancora brancolando nel buio. Per l'opinione pubblica, non abbiamo uno straccio di pista. D'accordo?»

«Dobbiamo rilasciare una dichiarazione su John Hawkins» gli fece notare Lewis.

«Qualcuno ha informato il parente più prossimo? Io ho trovato un biglietto di auguri della sorella.»

«Sì, signore» disse Louise Willmott. «Vive in Canada. Sta arrivando.»

«Quindi possiamo rendere noto il suo nome e dire che abbiamo informato la famiglia. Preferisco che non si accenni al suo vecchio impiego. Diciamo solo che era un pensionato.»

«Vicky Thomas non sarà contenta. Sembreremo un branco di idioti» commentò Lewis.

«Sì, signore. Ma noi sappiamo che la realtà è un'altra» rispose Dixon. «Bene, avete capito tutti cosa dovete fare? Se ci sono sviluppi, avvisatemi immediatamente. Altrimenti, ci rivediamo qui stasera alle sei.»

---

L'ispettore capo Lewis fece cenno a Dixon di seguirlo fuori. Si fermarono sul pianerottolo davanti alla sala dell'anticrimine.

«Posso dire al sovrintendente capo che porteremo a casa dei risultati entro la fine della giornata, quindi?»

«Io non lo farei, signore. Stiamo facendo progressi. Anzi, siamo molto vicini alla soluzione, ma abbiamo ancora parecchia strada da fare.»

«Che intendi?»

«Ci sono troppe domande senza risposta.»

«Per esempio?»

«Se è stato il padre di Rosie a uccidere il dottor Vodden, perché ha aspettato più di trent'anni prima di uccidere anche Valerie Manning e John Hawkins?»

«Potrebbe esserci un...»

«E dobbiamo ancora trovarlo, non se lo dimentichi.»

«Sì, ma...»

«Gli dica che ci siamo quasi e che c'è stata una svolta significativa. Ma che siamo ancora lontani dal risolvere il caso, signore.»

«Okay, Nick. Messaggio ricevuto. Tienimi aggiornato.»

Lewis si girò per scendere le scale.

«Bel lavoro, comunque.»

«Grazie, signore.»

---

«Allora, Jane, cominciamo dal padre. David Southall. Trovalo. Concentrati sul dipartimento del lavoro e delle pensioni.»

«E le liste elettorali e le dichiarazioni dei redditi?»

«Immagino che abbia cambiato nome. Provaci lo stesso, ma mi aspetto che sia un buco nell'acqua.»

«Come fai a sapere che ha cambiato nome?»

«Non lo so. Ma io lo farei se avessi appena decapitato il dottore di mia figlia. Tu no?»

«Forse sì.»

«Cambiare nome è abbastanza facile, ma non si può cambiare il numero della previdenza sociale.»

«Sono sempre di una lentezza snervante, comunque.»

«Ti autorizzo ad alzare la voce e a inveire, se sarà necessario.»

Dixon si stava infilando il cappotto.

«Dove vai?»

«Allo studio medico Arundel House.»

---

Dixon aspettò che in fila dietro di lui non ci fosse nessuno e che la zona della reception fosse tranquilla, quindi estrasse il distintivo e lo mostrò alla segretaria.

«Vorrei parlare con il direttore dello studio, per favore.»

«La direttrice è in riunione.»

Dixon non era in vena di trattare con una segretaria riluttante. Gli balenò nella mente un'immagine. Frances Southall che veniva mandata via da quello stesso studio medico e Rosie che le moriva fra le braccia.

«Questa è un'indagine per omicidio e il tempo stringe. Le suggerisco di andare a chiamarla e di portarla via da quella riunione. Subito.»

La segretaria sospirò.

«A meno che lei non voglia essere arrestata per intralcio alle indagini.»

La donna si alzò e lasciò la stanza passando da una porta dietro la scrivania.

Mentre camminava su e giù per la sala d'attesa sulla parete, Dixon notò una targa che commemorava l'inaugurazione del nuovo studio medico da parte del sindaco di Burnham, avvenuta il 31 luglio 2001. L'edificio era di forma ottagonale, con gli ambulatori disposti intorno all'area centrale in cui si trovavano la reception e la sala d'attesa. Era una struttura in legno (pensava che fosse di quercia) e vetro. Perlomeno non era la stessa reception da cui Frances Southall era stata scacciata.

«Ispettore?»

Si voltò e si trovò davanti una donna sulla cinquantina. Aveva capelli biondi corti e indossava un tailleur pantalone di tartan con una camicetta beige. Era su una sedia a rotelle.

«Sì, ispettore Nick Dixon.» Tirò fuori il distintivo.

«Sono Lorna Campbell, la direttrice del centro. Venga nel mio ufficio.»

Dixon la seguì intorno al banco della reception ottagonale e dentro un ufficio.

«Si sieda. Come posso aiutarla?»

«Devo visionare la lista di pazienti di questo studio relativa alla seconda metà degli anni Settanta. Crede che sia possibile?»

«Ha per caso a che fare con la morte di John Hawkins?»

Dixon esitò.

«Era un nostro paziente» spiegò Lorna Campbell.

«Sì, ha a che fare con lui.»

«Qui archiviamo solo le cartelle mediche dei pazienti attuali, purtroppo. Se un paziente si trasferisce o cambia dottore, la cartella passa al nuovo medico.»

«E se muore?»

«Va negli archivi del servizio sanitario nazionale.»

«Non avete modo di scoprire dove può essere stata mandata la cartella di un paziente e quando?»

«Oggi è tutto computerizzato, ma a quei tempi c'erano gli schedari cartacei. Abbiamo iniziato ad archiviare i documenti in digitale nel 1997.»

«E dove sono le cartelle cartacee adesso?»

«Le abbiamo mandate agli archivi del servizio sanitario nazionale quando ci siamo trasferiti nella nuova sede, purtroppo. Dovrebbero averle ancora.»

«E i dottori?»

«Che intende?»

«C'è ancora qualcuno di quelli che esercitavano la professione negli anni Settanta?»

«Non più. Il dottor Stevenson è il socio più anziano ed è arrivato allo studio medico nei primi anni Ottanta, credo.»

«Può chiedergli se qualcuno dei soci degli anni Settanta è ancora in vita, per favore?»

Lorna Campbell alzò il telefono e digitò tre numeri di un interno.

«Richard, c'è un poliziotto. Vuole sapere se qualcuno dei dottori che lavoravano qui a metà degli anni Settanta è ancora vivo.»

Cominciò a prendere appunti sul blocco che aveva davanti.

«Grazie» concluse riagganciando.

«È fortunato, ispettore. Il dottor Eric Maunder è andato in pensione nel 2001 quando ci siamo trasferiti in questa sede. Vive a Wedmore.»

«Grazie» disse Dixon prendendo l'appunto che la dottoressa gli tendeva. Mentre si alzava per andarsene aggiunse: «Chieda scusa alla segretaria da parte mia. Temo di essere stato un po' sgarbato con lei».

Dixon era seduto nella sua Land Rover e guardava la pioggia torrenziale che colpiva il parabrezza. Controllò l'ora. Le 10.35.

Sapeva che qualcosa gli stava sfuggendo. Era lì da qualche parte, tra tutti quei documenti. Ma si trovava nella scheda del dottor Vodden o nel fascicolo dell'inchiesta su Rosie? Non lo sapeva. Chiuse gli occhi e ascoltò la pioggia picchiettare sul tettuccio dell'auto. Era una sensazione sconcertante, come quando si riconosce un attore ma non ci si ricorda come si chiama o in che film ha recitato.

Decise di andare a Wedmore per incontrare il dottor Maunder e imboccò Berrow Road. In quel momento gli squillò il telefono, così si fermò nel parcheggio del *Dunstan House Hotel.*

«Mark Pearce, signore.»

«Cosa c'è, Mark?»

«Sandra Gibson, la segretaria. Ha sposato un australiano ed è emigrata nel 1978. È andata a vivere a Brisbane, a quanto pare.»

«Altro?»

«No, signore.»

«Contatta la polizia di Brisbane e verifica se la conoscono.»

«D'accordo.»

«Qual è il suo nome da sposata?»

«Docherty.»

«Fornisci entrambi i cognomi e vedi cosa trovano. Fammi sapere all'istante.»

«Sì, signore.»

«Passami Jane, okay?»

Dixon sentì delle voci attutite.

«Pronto?»

«Jane, novità dal dipartimento lavoro e pensioni?»

«Hanno il numero della previdenza sociale di David Southall. Non quello della moglie. Stanno tirando fuori tutto il materiale che hanno e mi faranno sapere al più presto.»

«Bene. A dopo.»

Dopo aver riattaccato, Dixon rimase seduto in macchina a guardare la pioggia ancora per diversi minuti prima di rimettere il cellulare nella tasca del cappotto. Accese il motore ma lo spense subito.

«Idiota!» gridò poi picchiandosi la testa con il palmo della mano destra.

Monty si svegliò e cominciò ad abbaiare nel retro della Land Rover. Dixon prese il telefono e richiamò Jane. Scese dall'auto e cominciò a camminare su e giù sotto la pioggia.

«Hai sotto mano le liste dei pazienti di Vodden, quelle che abbiamo guardato ieri sera?»

«Dammi un minuto.»

Sentì un fruscio di carta.

«1974, '75 e '76?»

«Sì.»

«Ce l'ho. Che succede?»

«Guarda la lista del 1974 e vai alla voce Rosie Southall.»

Dixon sentì di nuovo fruscio di carta.

«Sì.»

«Qual è il nome che viene subito prima nella lista?»

«Frances Anne Southall.»

«Ora guarda la lista del 1975. Il nome di Rosie non c'è più, giusto?»

«Sì.»

«E quello di Frances Southall c'è?»

«Sì.»

«Okay, ora prendi la lista del '76.»

«Un secondo.»

Dixon aveva il polso accelerato. Aspettò.

«Non c'è più.»

«Ecco. Grazie, Jane. Devo andare. Tienimi aggiornato.»

«Aspetta. È morta?»

«Sì, il che spiega perché non risulti al dipartimento lavoro e pensioni.»

A quel punto telefonò a Rachel Smerdon all'archivio del Somerset.

«Come posso aiutarla, ispettore?»

«Dovrebbe cercarmi il fascicolo di un altro processo. Del 1975 o 1976. A nome di Frances Anne Southall.»

«Mi dia dieci minuti. La richiamo.»

Dixon lasciò l'auto nel parcheggio del *Dunstan House* ed entrò a piedi nei Manor Gardens. Tolse il guinzaglio a Monty e si fermò sotto un albero per ripararsi dalla pioggia. Mentre aspettava rimase a guardare Monty. Quindici minuti dopo il telefono squillò.

«Ho qui un fascicolo, ispettore. Frances Anne Southall è morta il 21 ottobre 1975. Il processo ha avuto luogo il 1º aprile 1976. Il verdetto è suicidio.»

«Arrivo subito, Rachel.»

Dixon sedeva nella sua Land Rover nel parcheggio riservato ai dipendenti del Somerset Heritage Centre. Aprì il fascicolo dell'inchiesta su Frances Southall e per prima cosa guardò le conclusioni del coroner.

Era morta nell'*Hotel Senator* di Marbella, dove alloggiava con il marito in una stanza del quarto piano. Aveva attaccato una corda al radiatore, si era fatta passare l'altra estremità intorno al collo e poi era saltata giù dal balcone. La causa della morte stabilita fu impiccagione. Sebbene non fosse stata trovata una lettera di addio, il coroner era convinto che al momento dell'atto Frances Southall fosse depressa e/o avesse tendenze suicide. Ecco il motivo del verdetto. Aveva espresso grande tristezza per la sua morte, che riteneva essere stata causata in tutto o in parte dalla tragica scomparsa della figlia, Rosie, avvenuta poco più di un anno prima. Porgeva le sue condoglianze alla famiglia e nutriva la speranza che con il tempo sarebbe riuscita a superare quel lutto.

Dixon passò poi al rapporto dell'autopsia. Era la traduzione dell'originale in spagnolo, allegato al fascicolo. Trovò la causa della morte all'ultima pagina, ma dovette leggerla diverse volte prima di afferrarne il significato. Era da solo nell'auto, ma lesse comunque ad alta voce.

«Cause della morte: 1a) impiccagione e 1b) decapitazione esterna.»

Prese il telefono e chiamò Jane.

«Jane, sei al computer?»

«Sì.»

«Vai su Google.»

Dixon aspettò.

«Ci sono.»

«Cerca decapitazione esterna e dimmi cosa trovi, okay?»

«Dammi un secondo» rispose Jane. «Che strano. C'è un risultato di Wikipedia sulla decapitazione interna.»

«Cliccaci e leggimelo.»

«Decapitazione interna, dislocazione atlanto-occipitale o decapitazione ortopedica, descrive il raro caso in cui il cranio si stacca dalla colonna vertebrale in seguito a un violento colpo alla testa. Generalmente è letale, poiché implica il danneggiamento del nervo o la frattura della spina dorsale. La pratica dell'impiccagione si fonda sulla decapitazione interna poiché fa in modo che il collo del soggetto si spezzi a causa del peso. Un'impiccagione malfatta può provocare una decapitazione esterna…»

«Basta così.»

«Che significa?»

«Si è impiccata. Convoca tutti per un altro briefing. Sto arrivando.»

# Capitolo 7

«Ho il sovrintendente Sean Smart della polizia del Queensland che chiede di parlare con l'ispettore di grado più alto, signore.»

Dixon si tolse il cappotto e lo appese allo schienale della sedia di Mark Pearce. Pearce si alzò e lasciò sedere il superiore alla sua scrivania. Gli passò il telefono.

«Ispettore Dixon, signore. Scusi per l'attesa.»

«Non fa niente, ispettore. Diamoci del tu. Io mi chiamo Sean.»

«Nick.»

«Volevi sapere di Sandra Docherty, Nick?»

«Sì.»

«Come mai?»

«Ha testimoniato a un processo nel febbraio del 1975. Erano cinque testimoni. Tre sono morti al momento.»

«Facciamo quattro, allora.»

«Cosa?»

«Sono in quattro a essere morti.»

«Cos'è successo?»

«Mi stai chiedendo dell'omicidio irrisolto più famoso del Queensland. Io ero un umile agente all'epoca. Sandra è venuta a vivere a Brisbane nel 1978. Suo marito, Neil, durante la settimana lavorava a Sydney e tornava a casa nei weekend. Doveva essere una sistemazione provvisoria, ma è andata avanti per più di un anno. In ogni caso, un lunedì mattina lui riparte e non ha più notizie della moglie, il che è strano. Così rientra a casa prima.»

«E la trova decapitata?»

«Sì.»

«Il corpo era sul letto?»

«Sì.»

«La testa nel lavandino?»

«Nel bagno, sì. Come cazzo fai a saperlo?»

«Quando è successo?»

«Il 3 luglio del 1981.»

«Puoi inviarmi per email il rapporto dell'autopsia, Sean?»

«Certo. Se prometti di tenermi informato.»

«Con piacere. Per il momento acqua in bocca, però. Non abbiamo ancora arrestato nessuno.»

«Puoi dirmi di più? Che sta succedendo?»

«Tutte le vittime lavoravano in campo medico ed erano implicate nel caso di una bambina di due anni. La bambina è morta di meningite nel 1974. Il dottore è stato ucciso nel 1979 e Sandra Gibson nel 1981. Ora abbiamo altre due vittime, due persone assassinate nell'arco delle ultime due settimane. Sono abbastanza sicuro che a ucciderle sia stato il padre della bambina.»

«Vendetta?»

«Sembra di sì.»

«In bocca al lupo, Nick. Ti mando subito l'email. Tienimi aggiornato, amico.»

«Lo farò.»

Dixon si guardò intorno. Tutti avevano ascoltato la telefonata.

«Immagino che abbiate capito.»

«Sì, signore» confermò Dave Harding.

«È stata uccisa nello stesso identico modo di John Hawkins?» chiese Mark Pearce.

«Sì, Mark, esatto» rispose Dixon. Si rivolse a Harding. «Che novità ci sono sul pediatra, Dave?»

«Nessuna purtroppo, signore. Sembra sparito nel nulla.»

«Continua a cercare. Se è vivo, dobbiamo trovarlo.»

«Sì, signore.»

«Mark, ora che sappiamo cosa è successo a Sandra Docherty, voglio che aiuti Jane a trovare il padre della bambina, David Southall. Aiutali anche tu, Louise. Voglio sfondare la sua porta domattina alle cinque, perciò datemi un indirizzo, cazzo.»

«Sì, signore.»

«Bene, ora posso aggiornarvi su Frances Southall» continuò Dixon.

«È morta» intervenne Jane.

«Il 21 ottobre 1975. Alloggiava con il marito all'*Hotel Senator* di Marbella. Ha fissato una corda al radiatore, si è legata l'altra estremità intorno al collo ed è saltata giù dal balcone.»

«Suicidio per impiccagione.»

«Questa è solo parte della storia, Louise. Il termine tecnico è "decapitazione esterna".»

«Che significa?»

«La corda era troppo lunga per il peso del suo corpo.» Dixon fece una pausa. «L'eccessiva forza con cui si è tesa le ha staccato la testa.»

«È stata decapitata?»

«Questo spiega un bel po' di cose, no?»

---

Dixon parcheggiò davanti alla casa del dottor Maunder alla periferia di Wedmore. Era una grossa proprietà di fronte alla scuola elementare, sulla via principale che portava in paese. Un alto muretto di pietra contornato da cespugli di sempreverdi la separava dalla strada. Dixon riconobbe camelie, azalee e rododendri. La casa era grande, intonacata e dipinta di bianco. Ai lati del portico c'erano delle rose rosa dentro alcune fioriere e un glicine in una piccola aiuola accanto al garage. Cresceva nell'angolo, si arrampicava sulla facciata e finiva sopra il portico. Nel vialetto era parcheggiata una Volvo V70 blu nuova di zecca.

Dixon bussò e un grosso cane si mise ad abbaiare. Sentì una donna gridare.

«C'è qualcuno alla porta, Eric.»

«Vai tu.»

Ad aprire arrivò una signora sulla settantina. Indossava una gonna jeans marrone e un dolcevita nero. Con le dita della mano sinistra reggeva per il collare un grosso dobermann.

«Sì?»

«Sto cercando il dottor Maunder.»

«Vuole vendere qualcosa?»

«No. Sono un poliziotto.»

Dixon le mostrò il distintivo.

«Aspetti qui.»

La donna chiuse la porta. Qualche istante dopo, si riaprì.

«Meglio che entri.»

«E lei è?»

«La signora Maunder.»

Dixon la seguì su per le scale.

«È nel suo studio. Sta scrivendo un libro.»

«Su che cosa?»

«Delville Wood.»

«Davvero?»

«Sì.»

La signora Maunder aprì una porta al primo piano.

«Il poliziotto è qui, Eric. Non deve essere tanto male. Conosce Delville Wood.»

Il dottor Maunder alzò gli occhi dal computer.

«Conosce Delville Wood?»

«Ci sono stato un paio di anni fa. Ero sulla Somme per seguire le orme del mio bisnonno.»

Eric Maunder si alzò dalla scrivania e strinse la mano a Dixon. Era un uomo alto, con i capelli radi. Indossava dei jeans neri e un maglione a girocollo marrone.

«In quale reggimento era?»

«Fanteria leggera del Somerset. Secondo battaglione.»

«Non dev'essere stato a Delville Wood allora, vero?»

«No. Credo che ci fosse il sesto battaglione, ma non il secondo. Non mi faccia cominciare, però. Staremmo qui tutta la giornata e purtroppo il tempo stringe.»

«Sì, scusi. Come posso aiutarla?»

«Il nome Ralph Vodden le dice qualcosa?»

«Era un medico dell'Arundel House negli anni Settanta. Un po' malvisto, se ricordo bene.»

«Mi dica di più.»

«Ora sta mettendo alla prova la mia memoria. Mi ricordo che era morta una bambina.»

«Nient'altro?»

«La madre si era suicidata più o meno un anno dopo. È stato un duro colpo per Vodden.»

«Ricorda che ne è stato del padre?»

«È stato ricoverato adottando il trattamento sanitario obbligatorio. Internato, o non so come si dicesse all'epoca. È successo dopo che la moglie si è uccisa. È uscito di senno…» La voce di Maunder si affievolì.

«Cosa?»

«Mi sta tornando in mente. Si era impiccata ed era rimasta decapitata. Erano in un albergo in Spagna o non so dove. Lui era vicino alla piscina e l'ha vista saltare giù.»

«Per quanto è stato ricoverato?»

«Non lo so, purtroppo.»

«E Vodden?»

«Per lui è stato il colpo di grazia. Se ne è andato. Si è trasferito nel Norfolk, mi pare.»

«Riesce a ricordare qualcos'altro?»

«No, mi dispiace. È passato molto tempo e poi sono in pensione da più di dieci anni ormai.»

«Bene, grazie. Mi è stato di grande aiuto. Ecco il mio biglietto da visita, nel caso le venisse in mente altro.»

«Sì, certo. Le telefonerò.»

«E in bocca al lupo per il libro.»

Mancava poco alle 16.00 quando Dixon lasciò la casa del dottor Maunder a Wedmore. Uscì dal paese e andò verso Burnham-on-Sea. Piovigginava e stava facendo buio, così accese i fari.

Adesso aveva in mente un quadro più chiaro di quello che era accaduto tanti anni prima. Era anche in grado di rispondere alle due domande fondamentali che lo tormentavano: perché la decapitazione e perché quel ritardo tra la morte di Rosie nel 1974 e l'omicidio di Vodden nel 1979. Era convinto che il padre di Rosie, David Southall, avesse assassinato Vodden e poi si fosse recato in Australia per uccidere Sandra Gibson. Ora gli servivano le prove.

Sarebbe stato anche interessante sapere cosa fosse successo al pediatra, Julian Spalding. Ma la domanda cruciale rimaneva una:

perché l'assassino aveva aspettato più di trent'anni per uccidere Valerie Manning e John Hawkins? Sapeva che non avrebbe potuto dare risposta a quella domanda se prima non avesse trovato David Southall. Prese il telefono e chiamò Jane.

«Novità su Southall?»

«Non ancora. Dove sei?»

«Sto tornando da Wedmore. Dopo la morte della moglie Southall è stato internato, il che spiega perché abbia ucciso Vodden solo nel 1979. Ci serve la sua cartella clinica.»

«Vedo che posso fare. Stai bene?»

«Sì, perché?»

«Biascichi un po'. Hai bevuto?»

«Certo che no. Sembri mia madre.»

Dixon riattaccò e gettò il telefono sul sedile del passeggero. Doveva trovare una spiegazione per quell'intervallo di trent'anni tra gli omicidi. Naturalmente non poteva escludere che si trattasse di due assassini diversi. Era una possibilità troppo ovvia per non tenerne conto.

A un tratto gli balenò nella mente l'immagine di Valerie Manning nel parcheggio. Il coltello che scintillava alla luce dei lampioni. Poi la rivide sul tavolo dell'obitorio. Frances Southall era lì accanto, con Rosie fra le braccia.

Dixon batté le palpebre e scrollò la testa. Si sentiva stordito. Tolse la mano dal volante e la tenne sollevata davanti a sé. Stava tremando. Era diabetico da così tanto tempo che ormai riconosceva i sintomi. Jane aveva ragione. La parlata biascicata era sempre il primo segnale.

Infilò la mano nella tasca della giacca per prendere le caramelle alla frutta. Di solito funzionavano perché erano rivestite di zucchero. Trovò una manciata di carte vuote.

«Porca puttana.»

Fu assalito dal panico. Sudava e iniziava a sentire le gambe deboli. Aveva difficoltà a tenere il piede sull'acceleratore e gli servì tutta la concentrazione possibile per continuare a guidare. Se fosse riuscito a raggiungere l'emporio a Mark se la sarebbe cavata.

Era quasi arrivato in paese. Guidava piano cercando di mantenere dritta la Land Rover ma, allo stesso tempo, voleva disperatamente raggiungere il negozio prima di svenire.

«Idiota del cazzo» borbottò nel ricordarsi che nel vano portaoggetti c'era sempre un pacchetto di caramelle. Si allungò e armeggiò con la chiusura.

A un tratto sentì un forte botto. Nell'alzare lo sguardo si rese conto di avere urtato una macchina parcheggiata. Era rossa e piccola ma non vide altro. Sul cofano della sua auto c'erano dei vetri rotti. Continuò a guidare.

Riuscì ad arrivare all'emporio a Mark e parcheggiò con le ruote anteriori sul prato dei giardini pubblici e con quelle posteriori sul marciapiede. Spense il motore ma non aveva la forza di attraversare la strada e raggiungere il negozio.

Era accasciato sul volante quando sentì squillare il telefono. Si allungò verso il posto del passeggero, ma il cellulare non c'era più. Lo vide per terra sul tappetino. Si sdraiò sul sedile e lo raccolse.

«Abbiamo un nome.»

Dixon non riusciva a rispondere.

«Nick, sono Jane. Stai bene?»

«Zucchero.»

«Dove sei?»

«A Mark. Vicino all'emporio.»

«Sei in macchina?»

«Sì.»

«Ce la fai ad arrivare al negozio?»

«No.»

Jane riagganciò. Prese la borsa e corse fuori dalla sala operativa. Chiamò il servizio informazioni e chiese di parlare con l'emporio di Mark.

«Può aiutarmi? È un'emergenza... Guardi fuori dalla vetrina del suo negozio. Vede una Land Rover?»

«Sì. È parcheggiata per metà sul prato.»

«E l'uomo alla guida?»

«Accasciato sul volante.»

«Ha una crisi ipoglicemica. Può portargli una bibita energetica e una barretta di Mars, per favore? È davvero urgente. Io sto arrivando e le pagherò tutto una volta lì.»

«Sì, certo.»

Quando Jane arrivò, dopo venti minuti, trovò Dixon seduto su una panchina di fronte al negozio. Monty era al guinzaglio accucciato ai suoi piedi.

«Come ti senti?»

«Un po' meglio. Ho un mal di testa tremendo.»

«Cos'è successo?»

«Non ho pranzato.»

«Idiota.»

Jane entrò nel negozio e uscì qualche minuto dopo.

«Sono molto gentili qui. Disponibilissimi.»

«È vero.»

«Dammi le chiavi della macchina.»

Jane salì sulla Land Rover e la spostò dal prato facendo retromarcia. Poi restituì le chiavi a Dixon.

«Se qualcuno scopre di questa cosa rischio di perdere il lavoro» disse lui.

«Non farla tanto tragica.»

«Una crisi ipoglicemica al volante è una cosa grave per un diabetico. Potrebbero ritirarmi la patente. E ho urtato una macchina parcheggiata.»

«Dove?»

«Laggiù, credo. Era rossa.»

Jane camminò lungo la strada in direzione di Wedmore. Arrivò a una Vauxhall Corsa con un'ammaccatura sul parafango anteriore dal lato del guidatore. Lo specchietto laterale era a terra, distrutto. Tornò indietro.

«Hai dato il tuo nome a quelli del negozio?»

«No.»

«Neanch'io. Ce la fai a guidare?»

«Dovrei essere a posto ormai.»

«Sali in macchina e filiamocela.»

«E l'auto che...?»

«Penseranno che sia stato un trattore o qualcosa di simile. Quella macchina è un vecchio trabiccolo, comunque.»

---

Dixon seguiva l'auto di Jane. Arrivati a Edithmead lei mise la freccia a sinistra e accostò davanti al cancello di una fattoria. Scese e corse da lui. Dixon abbassò il finestrino. Aveva smesso di piovere.

«Abbiamo un indirizzo. Mi ha appena telefonato Louise.»

«Qual è?»

«17 Mark Close, a Highbridge.»

«Andiamo a dare un'occhiata. Entra al *Bristol Bridge Inn*. Possiamo lasciare la tua macchina lì.»

«Cos'hai in mente?»

«Di passarci e basta. Non ti agitare. E come si chiama adesso? Non me lo hai ancora detto.»

«David John Selby. Si è sposato nel 1983 e ha preso il cognome della moglie anziché il contrario.»

Jane lasciò la sua auto nel parcheggio del *Bristol Bridge Inn* e proseguirono con la Land Rover.

«È una traversa di Maple Drive.»

Dixon prese Maple Drive e poi svoltò a sinistra in Mark Close. Era una stradina residenziale con dodici villette per ogni lato. Erano tutte di mattoni rossi e sembravano identiche. Ognuna aveva la porta incastonata tra due bovindi, un vialetto che portava a un garage da un lato e un piccolo prato sul davanti, attraversato da un viottolo.

C'era una rotatoria alla fine della strada. Dixon arrivò in fondo alla via e girò la Land Rover. Poi ripercorse lentamente Mark Close nel senso opposto, controllando i numeri civici. I dispari erano dal suo lato.

Il 17 aveva il cartello VENDESI. Sopra c'era un adesivo con la scritta IN TRATTATIVA. Si fermò davanti al vialetto.

«È vuota» disse Jane.

«Vai a sbirciare dalla finestra.»

Lei corse lungo il vialetto. Guardò nella prima finestra, poi attraversò il viottolo del giardino e guardò nell'altra. Tornò alla macchina correndo sul prato.

«Vuota.»

Dixon lanciò uno sguardo al cartello dell'agenzia immobiliare.

«Facciamoci una capatina.»

Arrivarono all'agenzia di College Road a Burnham-on-Sea proprio all'orario di chiusura. Bastò mostrare i distintivi e bussare energicamente per farsi aprire. L'agente immobiliare, Simon Perry, fu lieto di aiutarli come poteva quando lo informarono dell'importanza e dell'urgenza della questione.

Confermò che il signore e la signora Selby erano i proprietari di quell'immobile e che, in effetti, c'era una trattativa in corso. A gestire il trasferimento di proprietà era lo studio legale Humberstones, che si trovava qualche civico più in là, sempre su College Road. L'immobile era stato sgomberato e la signora Selby si era trasferita provvisoriamente a casa del figlio Richard a Puriton. Il signor Selby, invece, era stato ricoverato nella casa di cura Allandale Lodge in Berrow Road.

Erano sorte delle complicazioni riguardo al trasferimento di proprietà, che era stato sospeso mentre la procura generale del signor Selby veniva registrata presso l'ufficio del patrocinatore pubblico. Perry era convinto che l'acquirente avrebbe aspettato.

Dixon chiese e ottenne le copie dei documenti d'identità dei Selby. Passaporti, patenti e alcune fatture del gas e della luce. Poi ringraziò molto Simon Perry per il suo aiuto e gli ricordò quanto fosse importante che nessuno venisse a sapere che la polizia stava svolgendo delle indagini.

Quando lui e Jane tornarono alla Land Rover, rimasero ad ascoltare la pioggia che martellava sul tettuccio. Dixon era immerso nei suoi pensieri.

«Che vuol dire che stanno registrando la sua procura generale?» chiese Jane.

«Che è andato definitivamente fuori di testa, no?»

«Quindi che si fa?»

«Lo arrestiamo lo stesso. Saranno gli psichiatri a decidere se è in grado di sostenere un interrogatorio. Nel frattempo, ci procuriamo la sua cartella clinica e parliamo con la moglie. Potremmo anche farci rilasciare una dichiarazione dalla casa di cura e dall'avvocato.»

«Sai cosa significa questo?» chiese Jane.

«Che se davvero è incapace di intendere e di volere ed è ricoverato in una casa di cura, non può essere stato lui a uccidere Valerie Manning e John Hawkins.»

«Esatto.»

«Telefona a Dave e vedi a che punto è con Spalding. Dobbiamo presumere che sia ancora in pericolo. Digli anche di convocare tutti per un briefing domattina alle otto.»

«E noi che facciamo?»

«Andiamo a riprendere la tua auto. Ti va di mangiare qualcosa?»

«Ma…»

«Tanto Selby non può andare da nessuna parte.»

# Capitolo 8

La casa di riposo per anziani Allandale Lodge di Burnham-on-Sea era un edificio di nuova costruzione. Una ricerca su Google rivelò che ospitava trentuno pazienti, trentadue con David Southall. Dixon arrivò con Jane poco prima delle dieci e suonò il campanello alle dieci spaccate. Nello stesso istante Dave Harding e Louise Willmott bussavano alla porta del figlio di David Southall, Richard, a Puriton.

Dixon fu accolto da un infermiere. Chiese della direttrice e fu accompagnato in un piccolo ufficio adiacente alla cucina, nella quale sbirciò mentre passava e dove vide altri due infermieri, un uomo e una donna. Indossavano entrambi delle divise celesti ed erano in piedi vicino al lavandino a bere caffè. Dixon sentiva la lavastoviglie in funzione.

«Susan, ci sono due persone per te.»

La direttrice alzò lo sguardo dal computer.

«Desiderano?»

Dixon si spostò per far passare prima Jane, poi entrò e si richiuse la porta alle spalle. Mostrò il distintivo.

«Siamo l'ispettore Nick Dixon e l'agente investigativo Jane Winter. E lei è?»

«Scusate. Sono Susan Procter.»

«Mi parli di David Southall, o forse dovremmo chiamarlo Selby ormai.»

«Dovrei telefonare alla moglie, in realtà.»

«Non ce n'è bisogno. Sta arrivando.»

«Be', è affetto da demenza vascolare. È aggressiva e a insorgenza precoce.»

«E in termini pratici questo che significa?»

«Che è mentalmente incapace. Non sa nemmeno chi sia sua moglie al momento.»

«Ha figli?»

«Due maschi. Ogni tanto vengono a trovarlo. Non riconosce nemmeno loro.»

«Da quanto è qui?»

«Da circa quattro mesi, forse anche di più.»

«Ed è stato sempre mentalmente incapace?»

«Completamente. È incredibile come la signora Selby sia riuscita a tenerlo in casa per tutto questo tempo.»

«C'è la possibilità che abbia lasciato l'Allandale Lodge e sia rientrato senza che nessuno se ne accorgesse?»

«Assolutamente no, non ne sarebbe in grado. Senza contare che la porta d'ingresso è sempre chiusa a chiave. Per impedire l'uscita, non l'entrata.»

«In che stanza è?»

«Nella sette. Nella dépendance al pianterreno.»

«Può mostrarcela, per favore?»

«Sì. Posso chiedervi perché?»

«Sto per arrestarlo per omicidio.»

«Oh, mio Dio.»

«Può essere trasferito?»

«Fisicamente è sano, perciò suppongo di sì.»

«Chi lo ha in cura?»

«Il suo medico di base è a Highbridge, al momento. La sua cartella clinica verrà presto trasmessa allo studio del nostro dottore, però.»

«Di che studio si tratta?»

«Arundel House.»

Dixon lanciò un'occhiata a Jane. Lei scosse il capo.

«E qual è il nome dello studio di Highbridge?»

«Corner Place.»

«Chiama Mark e mandalo subito lì» disse Dixon a Jane. «Se spiegassi al signor Selby che sono un poliziotto, lui capirebbe cosa significa?» chiese poi alla direttrice mentre Jane lasciava la stanza per telefonare.

«No» rispose Susan Procter. «Non c'è niente da fare, purtroppo. È del tutto assente.»

«Be', io devo eseguire l'arresto e poi spetterà a due psichiatri stabilire se è in grado di essere interrogato.»

«Seguitemi.»

La porta della stanza di David Selby era tenuta aperta con un fermo e un'infermiera stava ritirando il vassoio della colazione. Selby indossava dei pantaloni di velluto a coste marroni, una camicia a quadri blu con il colletto aperto e un cardigan. Era seduto su una poltrona di fronte alla porta. Aveva le spalle incurvate in avanti, lo sguardo assente e la bocca aperta. Dixon notò che stava sbavando sul colletto della camicia.

«Dacci un minuto, Nikki, okay?» disse Susan Procter.

L'infermiera asciugò la bocca di Selby con un fazzoletto, prese il vassoio e uscì dalla stanza. La Procter chiuse la porta. Nella stanza c'erano un letto da ospedale, un comodino, un armadio di legno di pino e una cassettiera abbinata. L'unico altro mobile era la poltrona su cui era seduto il vecchio. Dixon notò delle foto di famiglia sul comodino e sulla cassettiera.

Infilò una mano nella tasca della giacca e tirò fuori la copia del passaporto di David Selby. La passò a Jane, che la guardò, annuì e gliela riconsegnò. Era invecchiato e smunto ma era lui, non c'era dubbio. Aveva il volto scarno, quasi scavato, e gli occhi infossati. Teneva la testa inclinata da un lato e cominciò di nuovo a sbavare sul colletto della camicia.

Dixon fece un passo avanti e si sedette sul bordo del letto di fronte all'uomo.

«Signor Selby?»

Nessuna risposta.

Susan Procter si mise accanto a Selby, gli mise un braccio intorno alle spalle e gli parlò in un orecchio.

«David, c'è un poliziotto per te.»

Ancora nessuna risposta.

«È comunque in stato di fermo, signora Procter. Quindi con il suo permesso piazzerò un agente in divisa davanti alla porta della stanza finché gli psichiatri non lo avranno valutato. Se necessario, verrà trasferito in una camera di sicurezza.»

«Faccia quel che deve, ispettore.»

«David John Selby, la dichiaro in arresto per gli omicidi di Ralph Ernest Vodden e Sandra Gwynneth Docherty. Ha il diritto di rimanere in silenzio, ma qualsiasi informazione omessa in questa sede e in seguito riferita in tribunale potrà compromettere la sua difesa. Qualunque cosa dirà potrà essere utilizzata come prova.»

«La passerà liscia» commentò Jane.

«Credo che abbia già pagato abbastanza, non pensi? È comunque già in prigione in questo momento» ribatté Dixon.

«E adesso?» chiese Susan Procter.

«La pubblica accusa dovrà decidere se è nell'interesse comune processarlo. E credo che sappiamo tutti quale sarà la conclusione» rispose Dixon.

---

Dixon stava dando istruzioni agli agenti che avrebbero sorvegliato David Selby quando arrivarono Dave Harding e Louise Willmott con la signora Selby.

«Stia attento, morde» lo avvisò Harding.

La signora Selby era sulla settantina, con i capelli corti e neri, ingrigiti alle radici. Portava gli occhiali appesi al collo con un cordoncino e indossava dei pantaloni blu scuro e un dolcevita nero sotto una giacca verdone tipo Barbour.

«È lei il responsabile?» gridò a Dixon da sopra il tettuccio della macchina.

«Sì.»

«Si può sapere che diavolo sta succedendo?»

«Da questa parte, signora Selby. Troveremo un luogo appartato dove poter fare quattro chiacchiere.» Dixon fece per rientrare nell'Allandale Lodge, poi lanciò un'occhiata a Jane. «Anche tu.»

Susan Procter lasciò libero il suo ufficio. Dixon e la signora Selby si sedettero alla scrivania l'uno di fronte all'altra. Jane rimase in piedi vicino alla porta.

«Signora, mi duole informarla che ho appena arrestato suo marito come presunto colpevole di due omicidi.»

«Questo è ridicolo. Lui è incapace di...»

«Da quanto lo conosce?»

«Ci siamo conosciuti nel 1982 e ci siamo sposati nel 1983.»

«Che cosa le ha raccontato del suo passato?»

«Tutto.»

«Allora sa perché siamo qui.»

La signora Selby prese un respiro profondo. Chiuse gli occhi. Quando li riaprì erano pieni di lacrime. Non rispose.

«Lo sa, vero?»

«Sì.»

«Credo che dovremmo continuare questa conversazione alla centrale, se non le dispiace venire con noi, signora Selby.»

Di nuovo nessuna risposta.

Una volta fuori, Dixon si rivolse a Jane.

«Prendi un'auto della polizia. Portala in una stanza per gli interrogatori e torchiala.»

«Tu dove vai?»

«A guardare qualche foto di famiglia. Ti raggiungo.»

Dixon si fermò nell'atrio e si guardò allo specchio appeso alla parete sopra il registro dei visitatori. Indossava dei pantaloni leggeri, una camicia bianca a righine blu, la cravatta rossa e un impermeabile blu scuro. Era rasato di fresco ed era piuttosto elegante. Eppure non gli piacque ciò che vide.

Rischiava di perdere la patente e il lavoro. Per pura stupidità, lo sapeva. A parte la crisi ipoglicemica alla guida, che avrebbe potuto costargli la patente, aveva abbandonato il luogo di un incidente e non lo aveva denunciato. Erano infrazioni stradali, ma implicavano una componente di disonestà che non sarebbe stata molto apprezzata in un'udienza disciplinare. Non dipendeva da lui, ovviamente. Dipendeva tutto dal proprietario della Vauxhall Corsa, se avesse denunciato il danno alla polizia oppure no. Dixon lo avrebbe saputo comunque abbastanza presto. Un diabetico in una Land Rover, e il proprietario dell'emporio a Mark sarebbe stato in grado di fornire una descrizione del guidatore. Persino l'agente Cole sarebbe stato capace di risolvere quel caso.

E Jane? Ora aveva qualcosa che avrebbe potuto usare contro di lui. Era meglio non farla incazzare, anche se lei si sarebbe tagliata la gola piuttosto che denunciarlo. Dixon fece una smorfia. Che infelice scelta di parole.

Si raddrizzò la cravatta e attraversò il salone per tornare nella stanza di David Selby. Non serviva a niente preoccuparsene ora.

Selby dormiva sulla poltrona. La testa era inclinata da un lato e la bocca aperta. La radio suonava musica pop ad alto volume. Dixon la spense e si guardò intorno. C'erano diverse fotografie incorniciate sul comodino e sulla cassettiera. Le osservò una alla volta.

Sul comodino c'era uno scatto a colori di Selby e la moglie il giorno delle nozze. Lei indossava un abito rosa e Dixon riconobbe il municipio di Burnham. C'era anche una foto di Selby sulla spiaggia con un jack russel e una di lui su una barca con due ragazzi, probabilmente i due figli avuti dal secondo matrimonio. Le foto sulla cassettiera erano molto simili, ma comprendevano alcuni parenti anziani, che Dixon presumeva fossero i genitori di Selby, e altri scatti di lui e la signora Selby in vari luoghi di villeggiatura. A Dixon parve di riconoscere il Lake District. Le altre sembravano essere state scattate in Grecia, forse su qualche isola.

Rendendosi conto di non aver scoperto niente di nuovo, tornò a guardarsi intorno. David Selby dormiva ancora. Non c'erano né libri né riviste, ma leggere andava ben oltre le capacità di Selby al momento. Dixon guardò nell'armadio e anche nei cassetti. Come prevedeva non trovò nulla di interessante fra i vestiti.

Il primo cassetto del comodino conteneva diverse paia di occhiali, un pacchetto di caramelle e non molto altro. Aprì lo sportellino di sotto e trovò due scatole di cioccolatini mezze vuote, una rubrica intonsa e un piccolo album di fotografie. Si sedette sul bordo del letto e lo sfogliò. Gli ricordava l'album che sua madre aveva fatto per sua nonna. Aveva passato molte ore a sfogliarlo insieme a lei, per tentare di innescare ricordi attraverso le immagini. Chiaramente qualcuno voleva fare lo stesso con Selby.

Dietro ogni fotografia c'era un'annotazione scritta a matita. Partivano da David a 1 anno e arrivavano all'immancabile foto con la divisa della scuola, David il primo giorno al King's Alfred. Seguivano foto del piccolo Selby con i genitori, di lui in varie squadre di calcio e poi l'ultima di quelle in bianco e nero scattata il giorno della laurea alla Durham University.

A quel punto le fotografie diventavano a colori e cominciavano altre immagini delle nozze, Matrimonio di David e Jean, 30 settembre 1983. Il buco temporale era evidente. Nemmeno una foto della prima moglie, Frances, o della figlia, Rosie. Forse non esistevano, o forse la signora Selby non le aveva inserite per non far riemergere brutti ricordi. Dixon si annotò mentalmente di chiederglielo. Notò anche che non c'erano fotografie dei loro due figli da neonati. Un'altra domanda per la signora Selby. Sfogliò le restanti fotografie dell'album. Nessuna era particolarmente interessante. Sembrava che a Selby piacesse andare a pescare in barca, e nell'ultimo periodo anche con i due figli, ma quella era l'unica conclusione che Dixon riuscì a trarre.

Le fotografie terminavano diverse pagine prima della fine dell'album, le ultime erano vuote. Continuò a sfogliarle, anche se non le stava più guardando.

A un certo punto David Selby iniziò ad agitarsi. Aprì gli occhi e guardò Dixon. Sbadigliò, richiuse gli occhi e poi si appisolò di nuovo. Dixon abbassò lo sguardo. Dentro la copertina posteriore dell'album c'era un'altra fotografia. Era in bianco e nero, arricciata agli angoli e, a giudicare dalla riga che aveva al centro, in passato doveva essere stata piegata a metà. La prese, lisciò gli angoli e la guardò con attenzione. Riconobbe un giovane David Selby. Non giovane come il giorno della laurea ma più giovane di quando aveva sposato Jean Selby. Era seduto su una sdraio in spiaggia. Accanto a lui, su un'altra sdraio, c'era una giovane donna. Dixon capì che quella che stava guardando era Frances Southall. Davanti a lei sulla sabbia era seduta una bambina con il pannolino. Teneva in mano una paletta e sembrava che stesse picchiando su un secchiello rovesciato. Quella doveva essere Rosie, pensò. Dietro di lei c'era un bambino con i calzoncini da bagno. Doveva avere tre o quattro anni. Guardava la bambina e sorrideva. Dixon riconobbe il tipico sorriso del fratello maggiore. Lanciò uno sguardo a Selby e poi tornò alla fotografia. La girò. Sul retro c'era un'annotazione a matita: DAWLISH WARREN, GIUGNO 1974.

In quel momento si accorse che Selby lo stava guardando.

«Avevi un figlio, David?»

Per un secondo a Dixon parve di vedere un guizzo negli occhi dell'uomo. Poi tornò assente.

Si infilò la foto nella tasca interna della giacca, chiuse l'album, lo rimise nel comodino e lasciò David Selby al suo sonno.

---

Arrivò alla stazione di polizia di Burnham-on-Sea poco dopo le 11.30. Jane lo aspettava alla reception.

«Ha chiesto un avvocato. Sta venendo Poole, dello studio Ashtons di Weston. Sarà qui fra venti minuti.»

«Ci sono tutti?»

«Tranne Dave. Sta organizzando la ricostruzione per oggi pomeriggio.»

«Ha trovato Spalding?»

«Non ancora.»

«E la cartella clinica di Selby?»

«Ce l'ha Mark.»

Dixon entrò nella sala operativa e trovò Mark Pearce che leggeva la cartella clinica di Selby e Louise Willmott al computer.

«Passamela, Mark.»

«Sì, signore» rispose Pearce radunando i documenti.

«Louise e io interrogheremo la signora Selby.»

«Ma…»

«Jane, voglio che tu e Mark troviate il figlio.»

«Quale? Ne ha due.»

«Sbagliato. Ne ha tre.»

«Tre?» chiese Jane.

«Sì. Ha avuto un figlio anche dalla prima moglie.»

«Rosie aveva un fratello?» intervenne Louise.

«Esatto.»

«Come si chiamava?»

«Non lo so ancora. Ce lo dirà la signora Selby.»

«Non era sulle liste dei pazienti di Vodden» osservò Jane.

«No, il che è strano. Forse era in cura da un altro dottore dello stesso studio medico. Ma adesso la massima priorità è trovarlo.»

«Sappiamo che gli è successo?»

«Probabilmente è stato dato in affido, a meno che non sia andato a vivere con dei parenti. In fondo all'epoca aveva solo tre o quattro anni. Cominciate con i servizi sociali.»

«Non dimenticare che è sabato» disse Jane.

«Chiamate il numero delle emergenze. Sfondate la porta se è necessario» ribatté Dixon. «E dobbiamo rintracciare anche gli altri due figli. Richard è a Puriton e Marcus a Londra, perciò contattate la polizia metropolitana.»

Detto ciò si sedette a una scrivania libera e aprì la cartella clinica di Selby. Il nome sulla copertina era stato corretto. Southall era stato cancellato con una croce e sopra c'era scritto Selby. Dixon sfogliò i documenti. Trovò un referto medico risalente a poco più di un anno prima di uno psichiatra specializzato nella cura degli anziani che confermava la diagnosi di demenza vascolare. Un altro di un ergoterapista datato 11 maggio raccomandava l'immediato ricovero in una casa di cura in quanto la signora Selby non era più in grado di occuparsi di lui. Di nuovo Selby veniva descritto come affetto da demenza vascolare avanzata. Aveva avuto un "episodio importante" a Pasqua, che aveva provocato un peggioramento drastico delle sue condizioni. A un esame cognitivo si era rivelato mentalmente incapace. L'ergoterapista raccomandava anche di individuare un soggetto a cui conferire la procura generale.

Dixon diede una scorsa ai documenti più vecchi. Trovò una lettera del dottor Vodden datata 17 gennaio 1976. Era indirizzata a uno psichiatra specializzato e suggeriva che David Southall fosse internato in base al trattamento sanitario obbligatorio. Southall non era riuscito a superare la perdita della figlia e il suicidio della moglie. Era un rischio per sé e per il figlio rimasto, Martin. Stando a Vodden nascondeva "la testa nella sabbia".

Dixon passò la lettera a Jane e rimase a osservarla mentre arrivava alla parte più importante.

«Oh, porca puttana.»

«Esattamente.»

«Che espressione di merda per riferirsi a un uomo che ha perso la moglie e la figlia» commentò lei.

«Infatti. Ma almeno adesso sappiamo perché la testa di Vodden è stata lasciata in un bunker. E conosciamo anche il nome del figlio.»

L'interrogatorio a Jean Selby cominciò alle 14.00 in una stanza della stazione di polizia di Burnham-on-Sea. Dixon l'aveva fatta aspettare di proposito, malgrado le proteste del suo avvocato, il signor Poole.

«Devo proprio farle le mie rimostranze, ispettore. La mia cliente non è in arresto e averla fatta aspettare più di tre ore è inaccettabile.»

«Posso arrestarla, se preferisce, avvocato Poole.»

«Con quale accusa?»

«Per aver intralciato la giustizia o per aver aiutato un criminale, scelga lei.»

Jean Selby lanciò un'occhiataccia a Poole.

«Allora, vogliamo cominciare adesso?» chiese Dixon.

La donna annuì.

Dixon elencò i nomi dei presenti a beneficio del registratore, poi ricordò alla signora Selby che non era in arresto ed era libera di andarsene in ogni momento.

«Quando ha conosciuto David Southall?»

«Ci siamo conosciuti nel 1982 e ci siamo sposati l'anno dopo. Gliel'ho detto.»

«Vero. Mi ha anche detto che le aveva raccontato tutto del suo passato. Cosa le ha raccontato esattamente?»

«Che la figlia era stata uccisa da una serie di sanitari incompetenti e che la prima moglie si era suicidata subito dopo.»

«Che altro?»

«Che aveva avuto un tracollo e alla fine lo avevano internato.»

«E che è successo quando è stato dimesso?»

Jean Selby guardò prima Poole e poi di nuovo Dixon. Si girava la fede intorno al dito con l'indice e il pollice della mano destra. Prese un respiro profondo ed espirò lentamente.

«È andato a cercarli.»

«Chi?»

«I medici. Le persone che incolpava… che riteneva responsabili.»

«E cosa ha fatto?»

«Ha ucciso il dottore e la sua segretaria.»

«Come?»

«Conosce già la risposta.»

«Me la dia lei.»

«La moglie era rimasta decapitata, quando si era impiccata. Così li ha accoltellati e poi… li ha decapitati.»

«Cominciamo dal dottore allora. Come si chiamava?»

«Vodden.»

«Come è andata?»

«È tutto su Internet, ispettore. Vada a leggerselo.»

«Devo capire cosa sa lei, signora Selby.»

«Non molto. Mi ha risparmiato i dettagli più cruenti. Mi ha detto solo che lo aveva ucciso, gli aveva tagliato la testa, si era sbarazzato del corpo e aveva incendiato la sua auto.»

«Tutto qua?»

«Il dottore aveva detto che David aveva ficcato la testa nella sabbia, così lui lo ha ripagato con la stessa moneta.»

«E la segretaria?»

«È andato in Australia per ammazzarla. A Brisbane, mi pare. Anche questo è su Internet.»

«E lei sapeva tutto questo quando lo ha sposato?»

«Sì.»

Dixon lanciò uno sguardo a Louise Willmott.

«Io lo amavo, ispettore» si giustificò Jean Selby. «Deve capire che era mentalmente instabile all'epoca. Quando l'ho conosciuto io, era un'altra persona.»

«Lei ha le qualifiche necessarie per fare questa valutazione?»

«In effetti sì. Ero la sua infermiera psichiatrica. Ecco come ci siamo conosciuti.»

«E non ha mai pensato di dire alla polizia che aveva ucciso due persone a sangue freddo?»

«Avrei dovuto, ma non ce l'ho fatta. Io lo amavo.»

«Quindi perché ce lo sta dicendo adesso?»

«L'ha visto? Cosa potete fargli ormai?»

Jean Selby aveva le guance rigate dalle lacrime.

«E che mi dice di quelle vittime innocenti e delle loro famiglie?»

«Non erano innocenti!» scattò lei. «Avevano ucciso sua moglie e sua figlia. E ha visto come si è ridotto lui per lo stress che...» Lasciò la frase a metà e cominciò a singhiozzare.

«Credo che questa faccenda si sia protratta abbastanza, ispettore» intervenne Poole. «Perciò, se non ha altre domande...»

«Si dà il caso che ne ho. E parecchie» replicò Dixon. «Mi parli dei suoi figli. Richard e Marcus, giusto?»

«Loro cosa c'entrano con questo?»

«Voglio essere molto chiaro, signora Selby. Sto indagando sull'omicidio del dottor Ralph Vodden avvenuto nel 1979 e anche su quello della sua segretaria, Sandra Docherty, avvenuto nel 1981. Lei mi ha appena detto che suo marito, David John Southall, altrimenti noto come David John Selby, ha commesso quei due omicidi.»

«Sì.» Ora Jean Selby aveva smesso di piangere e lo ascoltava con attenzione.

«Sto indagando anche sugli omicidi di Valerie Manning e John Hawkins. Entrambi sono stati uccisi nell'arco delle ultime due settimane. Sono stati accoltellati e decapitati. Cosa sa dirmi delle loro morti?»

«Niente.»

«Erano entrambi coinvolti nel decesso di Rosie Southall e hanno testimoniato al processo.»

Jean Selby guardò Poole ma non disse nulla.

«L'opinione generale sembra essere che suo marito allo stato attuale non sia capace di un'azione simile.»

«Certo che non lo è.»

«Allora chi è stato?»

«Non lo so.»

«Tornando ai suoi figli...»

«Loro non c'entrano niente.» Jean Selby cominciò a tremare. «Non ne sanno niente.»

«Di cosa?»

«Del suo passato.»

«Dovremo interrogarli entrambi e prendere dei campioni di DNA.»

«Non potete farlo!» gridò la Selby. Si rivolse all'avvocato Poole. «Non possono farlo. Li fermi.»

«È davvero necessario, ispettore?» chiese Poole.

«Sì.»

«Non potete...»

«Signora Selby, forse sarebbe meglio se mi dicesse perché non possiamo.»

Ricominciò a singhiozzare. Si coprì il viso con le mani. Dixon aspettò che si ricomponesse.

«Sono stati adottati. Il DNA non corrisponderà.» Parlò fra i singhiozzi e si sforzò di trattenere il fiato. «Loro non lo sanno. Non glielo abbiamo mai detto. Gli spezzerete il cuore.»

«E che mi dice del suo figliastro?»

La reazione fu immediata. Jean Selby smise di piangere e fissò Dixon. Lui infilò una mano in tasca e tirò fuori la fotografia in bianco e nero spiegazzata. La posò sul tavolo davanti a lei, che la prese e la guardò prima di rimetterla sul tavolo.

«Era nell'album fotografico, signora Selby.»

Dixon aspettò.

«Martin. È stato dato in adozione nel 1976. Marcus e Richard non sanno niente di lui.»

«Non ha mai contattato il padre?»

«No.»

«Dov'è?»

«Non lo so proprio.»

«Qual è il suo nome adesso?»

«Non lo so.»

«Suo marito ha mai cercato di rintracciarlo?»

«No.»

«Ha mai parlato di lui o si è mai chiesto che fine avesse fatto?»

«No. Era una parte della sua vita che cercava di dimenticare.»

«Suo figlio?»

«Se non si è mai trovato in una situazione del genere, ispettore, non può capire.»

«Ho sentito abbastanza» concluse Dixon. «L'interrogatorio termina alle 14.27.» E si alzò per lasciare la stanza.

«Presumo che la mia cliente sia libera di andare, ispettore» disse Poole.

«Avvocato, se la sua cliente tenterà di lasciare la stazione di polizia verrà arrestata per intralcio alla giustizia.»

---

Dixon e Louise Willmott tornarono nella sala operativa. Era vuota, a parte Dave Harding che stava mangiando un panino.

«Dove sono tutti?» chiese l'ispettore.

«Jane e Mark sono andati agli uffici della contea per parlare con i servizi sociali. Sono usciti circa venti minuti fa.»

«E che sai dirmi di Richard e Marcus Selby?»

«Richard sta venendo qui e la polizia metropolitana ha rintracciato Marcus. Stanno controllando gli alibi e ci manderanno un campione di DNA tramite corriere entro domani.»

«Novità su Spalding?»

«No, signore. Sto aspettando notizie dal dipartimento lavoro e pensioni, ma ovviamente c'è il weekend. La ricostruzione inizierà alle 17.00.»

«Bene.»

Dixon si rivolse poi a Louise Willmott.

«Tratteniamo la signora Selby per stanotte, intanto che parliamo con i suoi preziosi pargoli e rintracciamo Martin Southall.

Arrestala con l'accusa di intralcio alla giustizia e chiudila in cella. Domani la rilasceremo su cauzione, ma ora non dirglielo.»

«Sì, signore.»

Dixon guardò l'orologio.

«Fammi un favore, Dave. Controlla se quelli della scientifica hanno rilevato tracce di DNA su quel bicchiere di vino che abbiamo trovato a casa di John Hawkins.»

«Sì, signore.»

«Esco un attimo per mangiare un boccone.»

# Capitolo 9

Dixon guidò fino al lungomare, poi fermò la Land Rover nel parcheggio del *Morrisons*, nel posto vicino a quello dove aveva parcheggiato Valerie Manning. Comprò un cartoccio di patatine fritte nella rosticceria di Abingdon Street e si sedette a mangiarle sul muretto vicino al pontile. Lanciò la pallina da tennis a Monty e guardò il cane che scattava per andare a prenderla sulla sabbia.

Non poteva fare altro che aspettare. Martin Southall era la priorità ovviamente, ma lui sapeva che senza il nome dei genitori adottivi sarebbe stato difficile rintracciarlo. Bisognava trovarlo prima che arrivasse da Spalding, specialista in pediatria e unico testimone ancora in vita dell'inchiesta su Rosie Southall.

Dixon non poteva fare a meno di provare una certa compassione per Martin Southall. Aveva visto morire la sorellina e poi aveva dovuto sopportare il suicidio della madre. Come se non bastasse, il padre aveva avuto un crollo psichico. A cinque anni aveva già perso tutta la sua famiglia. La vita a volte fa proprio schifo, pensò Dixon. Martin Southall, però, aveva qualcuno a cui imputare le sue sciagure. Qualcuno che aveva dovuto renderne conto in un'aula di tribunale. E ora si stava vendicando. Finendo quello che il padre aveva iniziato. Bisognava trovare Martin Southall.

Dixon si sentiva come un fantino in groppa a un cavallo che si rifiuta di uscire dal box. La corsa era iniziata, ma tutto quello che riusciva a fare era stare a guardare. E lanciare la pallina al cane.

---

Alle 16.00 era di nuovo alla stazione di polizia di Burnham. Non aveva ancora ricevuto notizie da Jane. Dave Harding stava interrogando Richard Selby, che era arrivato con una volante scortato da due poliziotti in divisa. La signora Selby era stata trasferita in una cella ed era sotto custodia nella stazione di polizia di Bridgwater, con sommo disappunto dell'avvocato Poole.

L'ispettore capo Lewis e l'addetta stampa Vicky Thomas aspettavano Dixon nella sala operativa.

«Dove sono tutti, Nick? Che succede?»

«Abbiamo trovato David Southall, signore. Soffre di demenza vascolare e si trova nella casa di cura Allandale Lodge. La moglie ha confermato che è stato lui a uccidere il dottor Vodden e anche la sua segretaria, Sandra Docherty. La donna era emigrata in Australia ed è stata trovata decapitata nel 1981.»

«E che mi dici di Valerie Manning e del paramedico?»

«John Hawkins. No, non li ha uccisi lui. È mentalmente instabile, a dir poco. Ho due psichiatri pronti a fare una valutazione su di lui lunedì.»

«Allora chi è stato?»

«Stiamo cercando il figlio che ha avuto dal primo matrimonio, Martin. Aveva quattro anni alla morte della sorella.»

«Hai messo in cella anche la moglie?»

«È la seconda moglie di Southall, signore. Jean Selby. La prima moglie, Frances, si è suicidata dopo la morte di Rosie. Si è impiccata, e nel farlo è rimasta decapitata.»

«Decapitata?»

«Sì, signore. A quel punto Southall ha avuto un crollo ed è stato internato.»

«Per questo il dottor Vodden non è stato assassinato subito, immagino.»

«È così.»

«Quindi cosa è accaduto al figlio?»

«Stiamo cercando di scoprirlo. Jane sta parlando con i servizi sociali al momento.»

«Poveraccio. La sorella muore, la madre si suicida e il padre va fuori di testa.»

«È difficile non provare pena per lui.»

«Quindi la ricostruzione che abbiamo programmato non ci serve, in realtà» disse Lewis.

«Ormai è troppo tardi per cancellarla» fece notare Vicky Thomas.

«Infatti. Andiamo avanti lo stesso. Chissà che non ne esca qualcosa di utile.»

«Può anche darsi, signore» convenne Dixon.

«Bel lavoro, comunque, Nick.»

«Lo sarà se troveremo il figlio prima che arrivi da Spalding.»

«Ricordami chi è Spalding.»

«L'ultimo dei testimoni dell'inchiesta sulla morte di Rosie Southall. Dave lo sta cercando, ma non lo ha ancora trovato. È vivo. Questo lo sappiamo per certo.»

«Continuate così allora, e tenetemi aggiornato.»

«Sì, signore.»

«Verrai alla ricostruzione?»

«Sì, ci sarò.»

«Sarà meglio andare» suggerì Vicky Thomas, «la stampa arriverà presto.»

«Bene. Ci vediamo dopo, Nick» disse Lewis.

Dave Harding tenne la porta aperta per far uscire l'ispettore capo e l'addetta stampa, poi consegnò a Dixon la dichiarazione di Richard Selby.

«C'è qualcosa di interessante?»

«Non proprio, signore. Mi sembra che l'alibi non faccia una grinza, ma manderò un agente a verificarlo quando lo riporteranno a casa. Ho un campione di DNA.»

«Ben fatto, Dave. Farai meglio ad avviarti alla ricostruzione. Io vi raggiungo.»

«Sì, signore.»

«Ricordami a che punto sei con Spalding.»

«Sto aspettando di ricevere i suoi dati bancari dal dipartimento lavoro e pensioni e dall'ufficio pensioni del servizio sanitario nazionale. La pensione gli viene ancora versata, ma all'indirizzo che risulta abita qualcun altro, stando alle liste elettorali.»

«Potrebbe aver affittato la casa. Ci sei stato?»

«Non ancora.»

Dixon aggrottò la fronte.

«Lo farò dopo la ricostruzione, signore.»

Dixon arrivò al parcheggio del *Morrisons* poco prima delle cinque. Le strade erano tutte chiuse, ma gli lasciarono oltrepassare il cordone della polizia. Parcheggiò in fondo, lontano dalla scena della ricostruzione. Era buio, ma la zona era ben illuminata dai lampioni stradali e dalle luci del supermercato, che era ancora aperto. Vide una Fiat Uno rossa parcheggiata accanto alla fermata dell'autobus di fronte al *Pier Tavern* e diversi cameramen e fotografi che aspettavano nelle vicinanze. Una folla di curiosi osservava all'esterno del pub. Dixon prese il telefono e scrisse un messaggio a Jane.

*Novità?*

Andò alla fermata dell'autobus e trovò Dave Harding che dava istruzioni a un gruppo di agenti in divisa sotto la supervisione del sergente Dean che distribuiva dei volantini. Vicky Thomas era lì vicino e ascoltava.

Dixon vide poi Dave Harding andare verso un furgoncino della polizia parcheggiato dall'altra parte della strada, di fronte alla gelateria *Fortes*, aprire il portellone posteriore e parlare con i colleghi che vi si trovavano dentro. Poi qualcuno scese dal retro. Dixon fece una smorfia quando riconobbe l'agente Cole. Indossava un paio di scarpe da ginnastica grigie, dei pantaloni neri e una felpa con il cappuccio blu scuro o nera, alla luce artificiale non se ne distingueva il colore. Cole portava un borsone nero.

Dixon osservò la ricostruzione da sotto la tettoia del *Morrisons*. Vide l'agente Cole aggirarsi nei pressi della fermata dell'autobus come se cercasse di non dare nell'occhio. Lo seguì con lo sguardo mentre andava fino al pontile e tornava indietro, diverse volte, e ogni sua mossa veniva filmata per il notiziario della sera. Camminava a capo chino con il cappuccio tirato sulla testa. Una poliziotta interpretava la parte di Valerie Manning e insieme fornirono un'accurata ricostruzione del rapimento. Nel frattempo agenti in divisa mescolati alla folla distribuivano volantini e facevano domande. Dixon ne vide degli altri fare la stessa cosa al *Reeds Arms* e al supermercato.

Due in particolare discutevano animatamente con alcuni possibili testimoni, uno con una coppia di anziani all'ingresso del supermercato e l'altro davanti al *Pier Tavern*. Dixon fece un cenno a Dave Harding, che si avvicinò, e glieli indicò.

«Sembra che qualcuno abbia visto qualcosa. Scopri cos'hanno da dire, okay?»

Harding parlò con ognuno degli agenti, prima quello al *Morrisons* e poi quello davanti al *Pier Tavern*, quindi attraversò di corsa la strada e tornò da Dixon.

«Il tizio del pub è solo una perdita di tempo. I due anziani invece ricordano di aver visto una persona con un borsone nero mentre erano qui a fare la spesa settimanale.»

«A che ora?»

«A quest'ora. Fanno sempre la spesa alla stessa ora, nello stesso giorno della settimana.»

«Maschio o femmina?»

«Non lo sanno.»

«Com'era vestita quella persona?»

«Non se lo ricordano.»

«C'è qualcosa che si ricordano?»

«Solo che quella persona era più piccola di Cole.»

«Solo questo?»

«Temo di sì.»

Dixon scrutò l'agente Cole. Era di altezza e corporatura medie, forse un metro e ottanta per settantasei o settantasette chili di peso. "Più piccola di Cole" voleva dire circa metà della popolazione. Guardò dall'altra parte del parcheggio. La coppia di anziani stava caricando la spesa nel bagagliaio dell'auto. Stava per avvicinarsi con l'intenzione di fare ai due qualche domanda, quando gli squillò il telefono.

«Abbiamo un nome» disse Jane non appena lui rispose.

«Dimmi tutto.»

«È stato in due case-famiglia prima di essere adottato dai signori Cromwell. All'epoca abitavano a Yeovil. Ho trovato un indirizzo, ma risale alla fine degli anni Settanta.»

«Dove ti trovi adesso?»

«Stiamo tornando alla centrale.»

«Ci vediamo lì.»

Dixon riattaccò.

«Devo andare, Dave. Controlla l'indirizzo di Spalding e tienimi aggiornato.»

«Sì, signore.»

Arrivò alla stazione di polizia di Burnham subito dopo Jane e Mark. Jane era seduta a un computer. Pearce era in piedi dietro di lei e guardava lo schermo.

«Ho cercato nel computer centrale, ma non sono noti alla polizia. Non ho trovato niente nemmeno nel database della motorizzazione» disse lei.

«E Martin Cromwell?»

«Niente.»

«Prova con le liste elettorali. Quali sono i nomi per esteso?»

«Victoria Katherine Cromwell ed Eric Cromwell.»

Dixon si sedette davanti a un computer. Aprì il browser e andò su Google. Digitò "annuncio Eric Cromwell" nel campo di ricerca e premette INVIO. Tutti i risultati della prima pagina venivano da *iannounce.co.uk*. Diede una scorsa e cliccò sul terzo: "Necrologio Eric Cromwell, Inghilterra sud-occidentale".

«Che mi dici di questo?» Lesse ad alta voce: «Eric Cromwell, 81 anni, morto presso l'ospedale di Exmouth il 7 novembre 2007. Risiedeva in Knowle Road, Yeovil. Adorato marito di Vicky e padre di Martin. Il servizio funebre si terrà nella cappella di St. Paul, al crematorio di Exeter, il 22 novembre alle 15.15. Per qualsiasi informazione rivolgersi alla ditta di pompe funebri Caunters. Fiori solo da parte dei familiari».

«Come lo hai trovato?» chiese Jane.

«Scrivi su Google il nome più "annuncio". Prova con la moglie.»

Dixon guardò Jane che digitava le parole e poi premeva INVIO. Seguì il suo sguardo mentre scorreva lo schermo con gli occhi.

«Niente.»

«Ci sono delle probabilità che sia ancora viva, allora. Contatta la polizia di Exmouth. Ci serve un indirizzo e sarebbe buona cosa se mandassero una volante a controllare. Se la trovano, dobbiamo parlarci immediatamente.»

«Ci penso io.»

«Mark, controlla le liste elettorali di Exmouth, d'accordo?»

«D'accordo.»

Dixon si versò un bicchiere d'acqua dal distributore.

«Nelle liste elettorali niente, signore.»

«Non è detta l'ultima parola. Ci si può cancellare, oggigiorno. Prova a telefonare alle pompe funebri Caunters.»

«A quest'ora di sabato?»

«Avranno una linea di emergenza in funzione ventiquattr'ore su ventiquattro. La gente non muore solo tra le nove e le cinque dal lunedì al venerdì.»

«Sì, signore.»

Jane e Mark Pearce erano entrambi al telefono e Dixon cercò di seguire tutte e due le conversazioni. Jane finì per prima.

«Hanno un indirizzo. Hulham Road, non so dove sia. Stanno mandando una volante.»

Anche Pearce terminò la sua telefonata.

«Niente di fatto con Caunters. Non avranno accesso al computer fino a lunedì mattina.»

«Grazie, Mark. Puoi andare. Ci vediamo qui domani mattina alle otto spaccate.»

«A lei, signore.»

«Che facciamo adesso?» chiese Jane.

«Aspettiamo. Che numero hai lasciato?»

«Il mio cellulare.»

«Bene. Hai pranzato?»

«Pranzato? No.»

«Ti accompagno a prendere qualcosa, allora.»

Erano quasi le 19.30 quando il telefono di Jane squillò. Erano seduti nel bovindo dell'hotel *Dunstan House*. Dixon era a metà di una bistecca di maiale con patatine, Jane stava finendo gli ultimi bocconi del suo pollo al curry. Frugò nella borsa per cercare il telefono.

«Jane Winter.»

Dixon si mise in ascolto.

«Sì… grazie… ha provato con i vici…? Quando è successo?»

Jane prese una penna dalla tasca laterale della borsa e scribacchiò su un tovagliolo di carta.

«Sì… centro di ortopedia Princess Elizabeth… ospedale… Royal Devon and Exeter… ho capito, grazie… In che reparto?… Dyball… grazie.»

Girò il tovagliolo e lo fece scivolare sul tavolo verso Dixon.

«Un'ultima cosa. I vicini hanno visto il figlio di recente?… Siete ancora appostati fuori dalla casa?… Mi dispiace rompervi le scatole, ma potreste andare a chiederglielo? E poi richiamarmi subito?… Grazie… sì… grazie.»

Jane riattaccò.

Dixon prese il tovagliolo.

«Che cazz…?»

«Non è come pensi. Si è fatta rimettere a posto l'anca. La vicina l'ha accompagnata all'ospedale stamattina. L'operazione era fissata per oggi pomeriggio, a quanto pare.»

«È andata bene?»

«Non lo sapeva.»

Dixon prese l'iPhone dalla tasca della giacca. Andò su Internet e aprì Google. Digitò le parole "ospedale exeter". Il link del Royal Devon and Exeter Hospital era il primo risultato. Annotò il numero di telefono sull'angolo del tovagliolo e poi cominciò a digitarlo. Quando ebbe finito, si alzò e uscì per fare la telefonata nella relativa privacy del parcheggio illuminato dalle luci dell'hotel.

«Il reparto Dyball, per favore.»

Aspettò il *clic*.

«Reparto Dyball.»

«Sono l'ispettore Nick Dixon della polizia di Avon e Somerset. Sa dirmi se avete una certa signora Cromwell ricoverata lì da voi?»

«Be', io...»

«Con chi parlo?»

«Sono la vice caposala Julie Pritchard.»

«Mi ascolti bene, Julie. Sono chi dico di essere e questa è un'indagine per omicidio. Ora, vuole...?»

«Sì, è qui.»

«La signora è in grado di rispondere a qualche domanda?»

«No. Non si è ancora ripresa. È stata operata nel tardo pomeriggio, perciò è ancora parecchio stordita.»

«Quando pensa che...?»

«Non prima di domani, credo. Sarà sotto morfina per tutta la notte.»

«Ha i dati del suo parente più prossimo?»

«Sì, credo sia il figlio. Ora controllo. Resti in linea.»

Dixon aveva il cuore che correva all'impazzata. Sentì un fruscio di carta.

«Sì, è il figlio, Martin Cromwell. Abbiamo solo un numero di cellulare, però...»

Aprì la bocca per dire qualcosa, ma l'infermiera continuò.

«Vuole parlargli adesso? È seduto accanto al suo letto.»

Dixon picchiò sulla finestra del *Dunstan House* e fece cenno a Jane di uscire.

«Julie, lei dove si trova in questo momento?»

«Fuori dalla guardiola. C'è qualche problema?»

«È molto importante, Julie. Ho bisogno che si comporti come se niente fosse. Ha capito?»

«Sì.»

«Non dica a nessuno della nostra conversazione e, soprattutto, non si avvicini a Martin Cromwell. È chiaro?»

«Sì. Ma che succede?»

«Lo lasci stare lì quanto vuole. Noi arriviamo il prima possibile.»

«L'orario delle visite termina alle otto.»

Dixon guardò l'orologio. Mancavano venti minuti.

«Non gli chieda di andarsene, Julie. Lo lasci stare lì. Noi stiamo arrivando.»

«Non è un assassino, vero?» C'era il panico nella voce della donna.

«Dobbiamo solo parlare con lui, tutto qui. Lei torni al suo lavoro come se niente fosse e si dimentichi di lui. Okay?»

«Sì, okay.»

Dixon riattaccò proprio quando il telefono di Jane si mise a squillare.

«Pronto» rispose lei. «Tre mesi… okay, grazie mille…»

«È la polizia di Exmouth?» la interruppe lui.

«Sì.»

Le strappò il telefono di mano.

«Sono l'ispettore Nick Dixon. Con chi parlo?»

«Agente Venables, signore. Polizia di Exmouth.»

«Bene, agente Venables. Abbiamo un problema e mi serve il suo aiuto.»

«Sì, signore.»

«Il sospettato di un triplice omicidio, tale Martin Cromwell, al momento è al capezzale della madre nel reparto Dyball del Royal Devon and Exeter Hospital. Noi stiamo andando lì, ma ci impiegheremo almeno un'ora. Ho bisogno che lei si colleghi alla radio e mandi ogni agente nel raggio di quindici chilometri al reparto Dyball immediatamente. Può farlo?»

«Ci penso io, signore.»

«L'orario delle visite termina alle 20.00, perciò sta per andarsene.»

«Capisco.»

«Noi partiamo adesso e faremo il più in fretta possibile. Ci tenga informati sugli sviluppi chiamando questo numero, per favore.»

«Certo, signore.»

Dixon riattaccò e restituì il telefono a Jane.

«È all'ospedale in questo momento?»

«Sì.»

«Porca puttana.»

«Esatto» disse Dixon. «Forza, dobbiamo sbrigarci.»

«Hai pagato il conto?»

«Chiamerò il ristorante dalla macchina e dirò che passeremo a pagare più tardi. Guida tu.»

---

Dixon e Jane lasciarono di corsa Burnham per prendere la M5. Jane riuscì a portare la vecchia Land Rover a centoventi chilometri all'ora sul rettilineo prima del ponte della ferrovia, ma il rumore rendeva difficile la conversazione. Dixon era sul sedile del passeggero e gridava al telefono.

«Passeremo dopo a pagare il conto… sì… la polizia… sì… un'emergenza… al massimo domani… ci scusi.»

Riagganciò.

«Il *Dunstan House* è sistemato. Hanno detto che non c'è problema.»

«Bene» rispose Jane.

Imboccò la M5 e andò verso sud. Era una bella serata di luna piena. Dixon teneva il suo telefono nella mano destra e quello di Jane nella sinistra. Guardava il traffico scorrere accanto a loro nelle corsie di sorpasso e cominciò a chiedersi se avesse fatto bene a scegliere quella macchina. Poi si consolò con il pensiero che diversi agenti in quel momento si stavano già dirigendo verso l'ospedale di Exeter, a prescindere dal mezzo, e che lui e Jane non avrebbero comunque potuto prendere parte a quell'operazione. Diede un'occhiata all'orologio. Non sarebbero arrivati prima delle 20.30, sempre che non si fossero persi. Non poteva fare altro che aspettare.

Guardò le stelle nel cielo buio e i fuochi d'artificio che venivano sparati a Bridgwater dal ponte che sormontava il fiume Parrett.

«Che ore sono?» gridò Jane.

Dixon controllò di nuovo l'orologio.

«Le otto passate.»

«Dovrebbero essere arrivati ormai.»

«Dovrebbero.»

Continuarono il viaggio con il rombo del vecchio motore diesel in sottofondo. Erano all'altezza di Taunton quando il telefono di Jane s'illuminò e cominciò a squillare. Lei sollevò il piede dall'acceleratore per ridurre il rumore, lui rispose.

«Ispettore Dixon.»

«Sono il sergente Hargreaves, signore, polizia di Exeter. Temo che lo abbiamo perso.»

Dixon digrignò i denti. Si girò verso Jane e scosse la testa.

«Cazzo» borbottò lei, ma l'imprecazione fu camuffata dal rumore.

«Abbiamo controllato le fermate dell'autobus, ma non è nemmeno lì. Se n'è andato verso le otto meno dieci, mi dicono, signore.»

«A che ora siete arrivati sul posto?» chiese Dixon.

«La prima auto è arrivata un paio di minuti dopo. Lo abbiamo perso per un pelo, stando al personale del reparto.»

«C'è l'infermiera Pritchard lì?»

«Sta smontando, signore. Adesso tocca a quelli del turno di notte.»

«Stiamo arrivando, sergente, saremo lì fra mezz'ora circa. Può fare in modo che l'infermiera Pritchard resti? Devo parlare con lei.»

«Sì, signore.»

«E le telecamere di sorveglianza? Dovremo dare un'occhiata anche a quelle.»

«Vedo cosa posso fare, signore.»

«Grazie, sergente. La chiamerò su questo numero una volta arrivati lì.»

Dixon si rivolse a Jane.

«Se lo sono fatto scappare. Se lo sono fatto scappare, cazzo.»

«Ma per quanto?»

«Un paio di minuti.»

«Un classico.»

«Spingi l'acceleratore e cerchiamo di arrivare al più presto.»

Il Royal Devon and Exeter Hospital era ben segnalato all'uscita numero 30 della M5 e non erano neanche le 20.45 quando Dixon e Jane lasciarono Barrack Road e imboccarono l'entrata principale. Seguirono le indicazioni per il centro di ortopedia Princess Elizabeth, il che implicò attraversare il parcheggio per i visitatori e percorrere un vialetto a senso unico. Stavano giusto pensando di essersi persi quando individuarono l'edificio sulla sinistra. Due volanti della polizia erano parcheggiate davanti all'ingresso e altre due nel piccolo parcheggio di fronte.

Accostarono accanto a una delle auto e Dixon infilò una mano in una scatola di cartone che si trovava per terra dietro il sedile del guidatore. Tirò fuori un lampeggiante blu e lo posizionò sul tettuccio della Land Rover.

«Almeno parcheggiamo gratis.»

Il centro di ortopedia Princess Elizabeth era una costruzione in mattoni rossi e vetro a tre piani, annessa al corpo principale dell'ospedale. La porta principale era sovrastata da una grande tettoia verde e fronteggiata da una piccola piazzola a uso delle ambulanze e dei taxi. Quando Dixon e Jane entrarono trovarono l'ampia area della reception deserta.

«Perché è sabato sera, suppongo» commentò lei.

Dixon diede un'occhiata alla grande mappa che si trovava sul muro.

«Di sopra» disse mentre si guardava intorno in cerca delle scale o dell'ascensore.

«Laggiù» indicò Jane, incamminandosi verso una grossa porta in fondo all'atrio.

Arrivati al secondo piano, seguirono i cartelli per il reparto Dyball e arrivarono alla guardiola, dove trovarono tre agenti in divisa che parlavano con due infermiere, una con il camice celeste e l'altra con il camice blu scuro. Dixon non aveva mai capito come interpretare i colori delle uniformi negli ospedali. Mostrò il distintivo.

«Cerco il sergente Hargreaves e l'infermiera Pritchard.»

«Sono io Julie Pritchard» disse l'infermiera con l'uniforme blu scuro. Era seduta su una sedia da ufficio e teneva una tazza di tè fra le mani.

«Il sergente Hargreaves è andato a parlare con la sicurezza, signore» spiegò uno degli agenti.

«Per le telecamere di sorveglianza?»

«Sì, signore.»

«Bene» disse Dixon. Si rivolse a Julie Pritchard. «C'è un posto in cui possiamo scambiare due parole?»

«Possiamo usare il salottino» rispose la donna alzandosi. «Sarà vuoto ormai.»

La seguirono lungo il corridoio fino a una stanza sulla destra. Dentro c'erano alcuni tavoli con delle sedie, due poltrone reclinabili e un televisore spento. Dixon notò la solita collezione di riviste vecchie di due anni e un puzzle completato per metà su uno dei tavoli.

Julie Pritchard era alta e magra, con i capelli scuri legati in una coda. Indossava dei pantaloni blu scuro, una camiciola dello stesso colore e degli zoccoli celesti. Si sedette di fronte a Dixon a uno dei tavolini. Jane si sistemò alla sua sinistra.

«Sono Nick Dixon. Abbiamo parlato al telefono.»

«Lo so.»

«Lei è l'agente investigativo Jane Winter.»

Jane annuì.

«Lei ha staccato alle otto, giusto, Julie?»

«Sì.»

«Grazie per essersi trattenuta.»

«Non c'è problema. Ha a che fare con gli omicidi di cui ha parlato il notiziario? Le decapitazioni…?»

«Questo non posso dirglielo, Julie» rispose Dixon.

«Certo, mi scusi.»

«Mi parli della signora Cromwell.»

«Non c'è molto da dire, in verità. È arrivata in reparto piuttosto tardi, quindi non ho avuto modo di parlarci molto. Le è stato fatto un intervento di protesi all'anca. Al momento è sotto flebo di morfina e ci rimarrà per tutta la notte, probabilmente.»

«E che mi dice del figlio, Martin?»

«È stato qui tutto il giorno, a quanto pare. Ha aspettato che la portassero in sala operatoria e poi è rimasto nei paraggi finché non è risalita in reparto.»

«Ci ha parlato?»

«Sì. Prima che telefonasse lei.»

«Che cosa vi siete detti?»

«Niente di che, in realtà. Lui mi ha chiesto se poteva restare e io ho detto che andava bene. Erano più o meno le cinque e mezzo e l'orario delle visite non era ancora iniziato ufficialmente, capisce?»

«Che altro?»

«Gli ho chiesto se la signora era sua madre e lui ha risposto di sì. Poi gli ho assicurato che si sarebbe rimessa, e nient'altro. Sembrava molto cordiale.»

«Me lo descriva.»

Jane stava prendendo appunti.

«Avrà trentotto o trentanove anni, forse quaranta. Alto.» Julie scrollò le spalle.

«Capelli?»

«Castani, scuri e corti.»

«Corporatura?»

«Robusta. Direi grosso.»

«Cosa indossava?»

«Jeans blu e un maglione verde scuro.»

«Barba o baffi?»

«No.»

«Tatuaggi?»

«Nemmeno.»

«Teneva qualcosa in mano?»

«Un impermeabile.»

«Di che colore?»

«Blu scuro.»

«Con il cappuccio?»

«Non ci ho fatto caso.»

«C'è altro che può dirmi su di lui?»

«Non mi viene in mente altro. Sembrava molto timido, perciò l'ho lasciato in pace. Poi ha telefonato lei.»

«Lo riconoscerebbe se lo rivedesse?»

«Oh, sì.»

«Le dispiace restare per guardare con noi i filmati delle telecamere di sorveglianza? Magari potrebbe indicarmelo.»

«Certo. Le telecamere sono solo nell'atrio, però.»

«Lo vedremo entrare e uscire, almeno. Andiamo a cercare il sergente Hargreaves.»

Si alzarono, poi Dixon si fermò.

«Anzi, adesso che ci penso, potrebbe indicarmi la signora Cromwell?»

«Sì. Seguitemi.»

Nel reparto c'erano otto letti occupati, quattro per ogni lato della corsia, e tutte le pazienti avevano subìto un intervento all'anca o al ginocchio negli ultimi giorni. Si fermarono sulla porta e Julie indicò il primo letto sulla sinistra.

«Quella è la signora Cromwell.»

Dixon vide che la donna si agitava. Aveva le cannule dell'ossigeno nel naso e vari altri tubi che giravano intorno al letto. Poi la Cromwell allungò una mano verso un telecomando bianco simile a quello della televisione e schiacciò un grosso pulsante rosso.

«È per la morfina» spiegò Julie.

«È sveglia» osservò Dixon, quindi si rivolse all'infermiera. «Lei si giri dall'altra parte.»

«Ma...»

«La domanda che mi ha fatto prima...»

«Riguardo alle decapitazioni?»

«La risposta è sì.»

«Faccio un salto in bagno» disse Julie. Si girò e tornò verso la guardiola.

Dixon guardò Jane. Lei si accigliò.

«Qualsiasi prova sarà...»

«Non voglio prove, Jane. Solo fare un passo nella direzione giusta.»

Dixon si sedette sulla sedia accanto al letto della Cromwell. Si sporse in avanti e le parlò sottovoce nell'orecchio destro.

«Vicky?»

La donna girò la testa sul cuscino. Aveva lo sguardo vitreo e lui notò che faceva fatica a mettere a fuoco.

«Dov'è Martin?» le chiese.

«Se n'è andato» rispose lei prima di voltarsi dall'altra parte.

«Dove?»

Vicky Cromwell girò di nuovo la testa e guardò Dixon dritto negli occhi.

«È andato a cercare suo padre.»

Quindi chiuse gli occhi e non disse più nulla. Dixon rimase a osservarla per controllare che respirasse ancora. La pausa fu più lunga di quanto si aspettasse, ma alla fine il petto si alzò e la donna prese un respiro profondo.

Quando Dixon e Jane tornarono alla guardiola, Julie Pritchard uscì da una porta con la scritta RISERVATO AL PERSONALE che si trovava lì di fronte. In quel momento un sergente di polizia andava loro incontro lungo il corridoio.

«Scoperto qualcosa?» chiese Julie.

«Abbastanza» disse Dixon.

«Ispettore Dixon? Hargreaves, signore. Mi dispiace averlo mancato.»

«Novità sulle telecamere di sorveglianza, sergente?»

«Abbiamo le riprese dell'atrio, signore. Può vederle adesso nella sala di controllo.»

«Ho chiesto all'infermiera Pritchard di guardarle insieme a me, così che possa identificare Cromwell.» Così dicendo Dixon si rivolse a Julie e le fece un cenno con il capo.

Seguirono Hargreaves lungo il corridoio e oltre la grande porta fino alle scale. Dixon pensava di essere all'ultimo piano, ma il sergente girò a destra e salì una rampa di gradini stretti che portavano a un piccolo ballatoio. La porta in cima era chiusa. Hargreaves bussò forte e qualche istante dopo una guardia giurata apparve dietro la finestrella. Guardò a destra e a sinistra, poi aprì.

«Da questa parte.»

Dixon seguì Hargreaves e l'addetto alla sicurezza lungo un corridoio, Jane e Julie Pritchard camminavano subito dietro di lui. Avanzavano in silenzio, si sentiva solo il rumore dei loro tacchi sul pavimento in linoleum.

La sala di controllo delle telecamere di sorveglianza era in fondo. Anche quella era chiusa a chiave, ma la guardia aprì la porta e si fece da parte per lasciarli entrare. La stanza conteneva dodici monitor, tutti divisi in quattro schermi più piccoli a parte uno. Dixon guardò l'unico monitor che non era diviso e riconobbe l'atrio del centro di ortopedia.

«È questo?»

«Sì» rispose la guardia. «L'ho mandato indietro fino all'inizio dell'orario di visita.»

«Meglio tornare indietro ancora un po'. Cromwell a che ora è arrivato in reparto, Julie?»

«Verso le cinque e mezzo» rispose lei.

Dixon fece cenno all'infermiera di sedersi davanti allo schermo, accanto alla guardia giurata. Lui e Jane rimasero in piedi alle loro spalle. La guardia mandò indietro il filmato e poi si rivolse a Julie.

«Okay, partiamo da qui. Ora mando avanti il video a velocità doppia, quando vede il nostro uomo faccia un fischio.»

Dixon vedeva l'orario in sovraimpressione nell'angolo in basso a destra dello schermo: le 17.20. Guardò e aspettò. Diverse persone entrarono e uscirono. Il video era sgranato, colpa della qualità della telecamera, immaginò, ma quello si poteva migliorare facilmente. Ripensò all'ultima volta che aveva guardato le riprese di una telecamera di sorveglianza e si domandò se avrebbe visto per la seconda volta Martin Cromwell inquadrato da un obiettivo. La sua mente tornò di colpo a quella sera buia nel parcheggio del *Morrisons* e al coltello che scintillava alla luce dei lampioni.

«È lui!» gridò Julie. «Mandi indietro, indietro.»

Dixon guardò attentamente lo schermo. La guardia giurata mandò indietro il filmato al rallentatore.

«Eccolo» disse l'infermiera indicando un uomo che sembrava camminare all'indietro passando intorno a un gruppo di persone in piedi nell'atrio.

L'addetto alla sicurezza fermò l'immagine e poi mandò avanti il video finché l'uomo non fu più coperto dal gruppo. Era nella parte sinistra dello schermo, la telecamera lo inquadrava dall'alto. Aveva la testa girata verso sinistra e portava un cappotto nella mano destra.

«Quello è l'uomo che si è presentato come il figlio di Vicky Cromwell?» chiese Dixon.

«Sì» rispose Julie.

«Può ingrandire l'immagine?»

La guardia giurata la ingrandì, finché la figura non riempì lo schermo.

«Va bene così?»

«Sì, va bene. Cosa sta guardando?»

«L'ascensore?» ipotizzò Julie.

Dixon si rivolse a Jane.

«Tu che ne pensi?»

«È un omone.»

«Posso sedermi al suo posto?» domandò Dixon picchiettando sulla spalla dell'addetto alla sicurezza.

Una volta davanti al monitor fissò attentamente l'immagine di Martin Cromwell. Lo schermo tremolava e l'immagine, se possibile, era ancora più sgranata adesso che era stata ingrandita, ma riuscì comunque a distinguere i lineamenti dell'uomo. Lo studiò con gli occhi socchiusi per diversi secondi prima di rivolgersi a Jane.

«L'ho già visto da qualche parte.»

«Cosa? Dove?»

«Se lo sapessi a quest'ora avremmo già chiuso.»

«Di recente?»

«Sì, credo di sì. Dammi un minuto.»

Di nuovo quella sensazione. Di riconoscere l'attore senza ricordarsi il nome o i film in cui aveva recitato. Di solito la sua tattica era prendere l'iPhone e cercare su Google, ma al momento non era un'opzione. Dixon chiuse gli occhi. Varie immagini gli balenarono nella mente. Era seduto al *Dunstan House* con Jane. Guardava gli altri commensali intorno a loro. Niente. Passò alla ricostruzione. Era fermo davanti al supermercato *Morrisons* e guardava la gente sul marciapiede antistante il *Pier Tavern*. Niente. Camminava sulla spiaggia. Era allo *Zalshah*.

La sua mente balzava da una scena all'altra, da una situazione all'altra. L'archivio del Somerset, il tribunale di Taunton. Immaginò di essere nell'aula uno e di guardare tutte le facce che lo fissavano. Niente.

Jane lanciò un'occhiata al sergente Hargreaves e si strinse nelle spalle.

Dixon pensò alla signora Cromwell e a quanto aveva mormorato. «È andato a cercare suo padre.» E poi rivide David Selby alla casa di cura Allandale Lodge. Riaprì gli occhi. L'immagine ora era nitida nella sua mente. Si trovava davanti all'ufficio di Susan Procter, sulla porta della cucina all'Allandale Lodge. Guardava due infermieri che bevevano caffè. Erano entrambi appoggiati al piano di lavoro e indossavano uniformi blu. Una dei due era una donna. Rideva forte. L'altro la guardava e sorrideva. Era Martin Cromwell.

«Ci sono» esclamò.

# Capitolo 10

Erano quasi le dieci di sera quando Dixon e Jane uscirono dal Royal Devon and Exeter Hospital. Una volante era stata mandata alla stazione ferroviaria di Highbridge, per intercettare Martin Cromwell nel caso avesse preso il treno. Un'altra pattuglia aspettava alla fermata dell'autobus all'inizio di Pier Street.

Dixon telefonò all'Allandale Lodge mentre Jane usciva da Exeter e si dirigeva verso la M5.

«Sono l'ispettore Dixon. Può passarmi Susan Procter, per favore?»

«Non ci sarà fino a lunedì.»

«Ha il suo numero di casa?»

«Non sono autorizzata a darlo, mi dispiace.»

Dixon non aveva il tempo di discutere.

«La prego, le telefoni e le dica di chiamarmi subito.» Lasciò il numero del suo cellulare. «Lo faccia immediatamente. E le dica che è davvero urgente. Chiaro?»

«Sì, va bene.»

A quel punto si sporse in avanti e guardò il tachimetro.

«Santo cielo, Jane, schiaccia quel pedale.»

Lei accelerò e arrivò a ottanta chilometri all'ora.

«C'è il limite di cinquanta, lo sai» osservò.

Al semaforo appena dopo il crematorio di Exeter rallentò.

«Non c'è nessuno. Vai» disse Dixon.

Jane borbottò qualcosa di incomprensibile, dato il rumore del motore diesel in sottofondo. Lui stava per ribattere quando gli squillò il telefono. Era un numero di Burnham.

«Sono Susan Procter. Mi hanno detto di chiamarla con urgenza.»

«Sì, grazie, Susan. Mi serve l'indirizzo dell'abitazione di Martin Cromwell e mi serve subito, per favore.»

«Non sarà coinvolto in questa storia?»

«Questo non posso dirglielo...»

«È impossibile. È una così brava persona.»

«Posso semplicemente avere il suo indirizzo, per favore?»

«Qui non ce l'ho. È nel mio ufficio, nella sua scheda anagrafica. Va bene se glielo mando lunedì?»

«No, Susan. Può andare lì subito e telefonarmi per darmi quell'indirizzo più in fretta che può?»

«No, non posso. Ho bevuto qualche bicchiere di vino...»

«Le mando un'auto. Dove abita?»

«A Mark, al 36 di Westfield Close.»

«Le mando subito una macchina. Devo anche sapere quando Cromwell tornerà in servizio.»

«Quello posso dirglielo subito. Ha preso il weekend libero. Sua madre deve subire un intervento, ha detto.»

«Okay, ci sentiamo dopo. Mi telefoni non appena trova quell'indirizzo.»

«Va bene.»

Dixon terminò la telefonata e poi chiamò la stazione di polizia di Bridgwater. Pochi minuti dopo una volante stava andando a prendere Susan Procter.

«Ora non possiamo fare altro che aspettare» disse.

«Quanto ci vorrà?»

«Una pattuglia è già a Mark, perciò non dovrebbe volerci molto.»

---

L'autostrada era praticamente deserta mentre si dirigevano a nord. Nonostante qualche ciuffo di nuvole nel cielo, Dixon poteva vedere l'Orsa Maggiore e Orione. Erano le uniche due costellazioni che sapeva riconoscere e non ci aveva impiegato molto a trovarle. Controllò il cellulare, poi l'orologio e infine il tachimetro. Sarebbero arrivati a Burnham non prima delle undici.

«C'è campo?» gridò Jane.

«Sì.»

Erano poco più a sud di Bridgwater quando gli squillò il cellulare.

«Dixon.»

«Ispettore, sono Susan Procter. Ho l'indirizzo di Martin.»

«Mi dica, Susan.» Bloccò il telefono tra l'orecchio destro e la spalla, prese una biro dalla tasca della giacca e scrisse sul palmo della mano sinistra.

«Appartamento 5, Cavendish House, sul lungomare di Burnham.»

«Ricevuto, grazie.»

«Ho anche il numero del suo cellulare, se vuole.»

«Sì, grazie.» Dixon se lo annotò. «Grazie mille per il suo aiuto, Susan. La volante la riaccompagnerà a casa.»

Riagganciò.

«Cavendish House, sul lungomare. È il regno dei monolocali, giusto?»

«Sì» rispose Jane.

«Andiamo.»

---

Dixon telefonò alla stazione di polizia di Bridgwater e chiese che due agenti in divisa si avviassero a Cavendish House. Quando arrivarono, quindici minuti più tardi, trovarono la volante.

Cavendish House era un complesso di case a schiera in stile georgiano situato all'incrocio tra il lungomare e Sea View Road. Vide che molte luci erano accese, ma se lo aspettava da un edificio con tutti quegli inquilini.

Jane suonò il campanello dell'appartamento numero 5 poco dopo le 23.00. I due agenti in divisa, entrambi con un giubbotto antitaglio, erano fermi davanti alla porta. Dixon era dietro di loro. Aspettarono per diversi secondi, poi lui guardò Jane e fece un cenno con il capo. Lei suonò di nuovo.

«Posso aiutarvi?»

Qualcuno aveva parlato alle loro spalle. Dixon si voltò e si trovò faccia a faccia con l'uomo che cercavano.

«Martin Cromwell?»

«Non si tratta di mia madre, vero?» Cromwell aveva una voce profonda e parlò lentamente.

«No. Sono l'ispettore Dixon e lei è l'agente investigativo Jane Winter. Speravamo che potesse rispondere a qualche domanda.»

«A che proposito?»

«Preferirei non parlarne per strada, Martin.»

«Volete entrare?»

«Credo sarebbe meglio se venisse con noi alla centrale, se per lei va bene.»

«Non possiamo rimandare a domani? Sono stanco.»

«Temo di no. Vada con questi due agenti, l'accompagneranno alla stazione di polizia di Bridgwater.»

I due agenti in divisa avanzarono e affiancarono Dixon.

«Bridgwater?»

«Sì.»

«E se mi rifiutassi?»

«Allora sarò costretto ad arrestarla, ma preferirei davvero di no.»

«D'accordo. Andiamo.»

I due poliziotti scortarono Martin Cromwell alla volante, lo fecero salire sul sedile posteriore e partirono.

«Che cosa gli farai?» chiese Jane.

«Non lo so» rispose Dixon, «ma chiameremo il medico della polizia per un consulto prima di interrogarlo.»

Salirono sulla Land Rover e seguirono la volante.

---

Per precauzione Dixon aveva telefonato subito alla centrale per far chiamare il medico e quando arrivò alla stazione di polizia di Bridgwater la dottoressa Angela Townsend era già lì ad aspettarlo. Era una donna sulla sessantina, con i capelli corti e bianchi. I pantaloni neri sgualciti e il maglione rosso gli fecero capire che si era vestita in fretta e furia.

«Che hai per me?»

«È una storia lunga» rispose Dixon.

«Dammi la versione abbreviata, per favore.»

«Martin Cromwell. È il sospettato in un'indagine per omicidio plurimo. Lo abbiamo appena prelevato e vorrei che gli dessi un'occhiata prima che lo interroghiamo.»

«Droghe?»

«Non lo so di preciso. È più una questione di facoltà mentali, penso. Potrebbe dipendere dall'alcol, dalle droghe o da tutt'altro.»

«Okay, lascia fare a me.»

Al suo arrivo alla stazione di polizia di Bridgwater Martin Cromwell era stato fermato come presunto colpevole degli omicidi di Valerie Manning e John Hawkins. Dopo essere stato schedato, ora aspettava nella sala degli interrogatori. Dixon lasciò la dottoressa Townsend al suo lavoro e andò a cercare la macchinetta del caffè. Jane lo aveva battuto sul tempo ed era già alla seconda tazza quando lui arrivò.

«Che succede adesso?» gli chiese.

«Aspettiamo di sentire la dottoressa.»

Dixon prese il caffè e si sedette alla sua scrivania. Si era appoggiato allo schienale e aveva chiuso gli occhi quando sentì bussare alla porta.

«La dottoressa è pronta» annunciò Jane.

Nel prendere la tazza, lui si accorse che il caffè era ghiacciato.

«Ho dormito?»

«Per circa mezz'ora.»

Scesero al piano di sotto, nella camera di sicurezza, dove li stava aspettando la Townsend.

«Sta bene, ispettore. Ha una lievissima disabilità intellettiva, forse. E qualche problema di udito. Ma per il resto sta bene e può essere interrogato. Nessuna traccia di droghe o di alcol nel sangue.»

«Non ho visto apparecchi acustici.»

«Preferisce leggere il labiale. E un po' ci sente comunque, perciò se la cava.»

L'interrogatorio di Martin Cromwell cominciò poco prima dell'una di notte. Dixon pronunciò i loro nomi a beneficio del registratore, poi ricordò a Cromwell che gli erano già stati notificati i suoi diritti. Per sicurezza, glieli ripeté usando parole più semplici.

«Ora le farò qualche domanda, Martin. Non è obbligato a rispondere, se non vuole. Ma se andasse in tribunale e dovesse dichiarare qualcosa di cui non mi ha parlato qui, e che avrebbe potuto dirmi, la sua difesa potrebbe essere compromessa. Tutto quello che mi dirà potrà essere riferito in aula. Le è chiaro?»

«Sì.»

«Ha rifiutato la rappresentanza legale?»

«Sì.»

«Okay, cominciamo. Dov'era la notte di sabato scorso?»

«Facile. Al lavoro.»

Dixon guardò Jane e poi di nuovo Cromwell.

«Ci è stato tutta la notte?»

«Sì. Facevo il turno di notte. Dalle otto di sera alle otto di mattina.»

Dixon prese un respiro profondo. Disegnò un grosso punto esclamativo sul blocco per gli appunti che aveva davanti e lo fece scivolare di lato con la mano sinistra, verso Jane. Tornò a guardare Cromwell. Serviva un cambio di tattica.

«Perché lavora all'Allandale Lodge, Martin?»

Cromwell si fissò le mani. Si stava toccando le pellicine intorno all'unghia del pollice sinistro con il medio della mano destra. Lanciò un'occhiata a Dixon e poi tornò a guardarsi le dita.

«Forza, Martin. Perché proprio all'Allandale Lodge?»

«Per stare vicino a mio padre» rispose lui senza alzare lo sguardo.

«David Selby?»

«Sì.»

«Da quanto lavora lì?»

«Tre mesi.»

«Quando ha trovato suo padre?»

«Poco prima.»

«Come lo ha trovato?»

«Mi ha aiutato l'agenzia di adozioni.»

«Che è successo a sua madre?»

«Ha subìto un'operazione all'anca.»

«Intendevo quella biologica.»

«È morta quando avevo cinque anni.»

«Come?»

«Si è ammazzata.»

«Perché proprio adesso, Martin?»

«Lui è l'unica persona che mi resta, a parte la mia madre adottiva. E non sa nemmeno chi sono. Sono arrivato troppo tardi.»

«E sua sorella?»

«Rosie è morta prima di mia madre. Stava male.»

«Sa cosa ha fatto suo padre dopo quello che è successo?»

«Si è ammalato anche lui.»

Dixon prese un respiro profondo ed espirò lentamente. Non poteva provare altro che pietà per Martin Cromwell.

«Okay, Martin. Per ora è tutto. La tratterremo qui per la notte e magari parleremo di nuovo domani mattina. Dovremo anche controllare i suoi turni di servizio per lo scorso weekend.»

Dixon dichiarò concluso l'interrogatorio alle 01.20 e Cromwell fu portato in cella per la notte. Non disse una parola.

«Che si fa adesso?» chiese Jane.

«Andiamo a casa e dormiamo un po'. Domani mattina ci alziamo, controlliamo il suo alibi e ripartiamo da zero.»

Arrivarono al cottage di Brent Knoll che erano quasi le due. Durante il viaggio Jane gli aveva fatto la domanda scontata e Dixon aveva passato il resto del tragitto a rimuginare in silenzio.

«Se non è stato Martin Cromwell, allora chi cazzo è stato?»

Era una domanda piuttosto semplice e ronzava senza sosta nella testa di Dixon.

Malgrado l'ora tarda, difficilmente avrebbe chiuso occhio, così diede da mangiare a Monty e lo portò a fare una passeggiata. Era una sera fredda e pungente e Dixon sentiva aria di brina. Uscì dal paese percorrendo Station Road e si addentrò nella campagna verso Berrow. Gli sembrava di non aver mai visto tante stelle nel cielo. Era uno dei vantaggi del passeggiare a tarda notte in aperta campagna, lontano dalle luci artificiali.

Passò in rassegna i personaggi di quel caso uno per uno.

Martin Cromwell era ancora il sospettato più ovvio. Aveva un movente, qualcuno avrebbe potuto anche parlare di scusante, e di certo era abbastanza grande e forte. Fece una smorfia quando si ricordò ciò che avevano detto i due anziani con cui avevano parlato alla ricostruzione. Nessuno sano di mente avrebbe descritto Martin Cromwell "più piccolo dell'agente Cole". Dixon ripensò alla sagoma scura che brandiva il coltello contro Valerie Manning. Non era Martin Cromwell.

Poi pensò a David Selby. La demenza vascolare gli avrebbe dato l'alibi perfetto. Dixon non dubitava della diagnosi, ma era possibile che Selby non fosse così malato come dava a intendere? Il vecchio sarebbe stato visitato da due psichiatri lunedì. Si ricordò il lampo di lucidità che aveva attraversato il volto e gli occhi di Selby quando lui aveva trovato la vecchia fotografia in bianco e nero.

Dixon si fermò in mezzo alla strada e guardò verso il cielo. E se padre e figlio avessero lavorato insieme? Martin avrebbe potuto far uscire il padre dall'Allandale Lodge il sabato sera e poi riportarlo dentro nelle prime ore della domenica.

Ma Selby sarebbe stato fisicamente in grado? Quell'ipotesi poteva spiegare il coltello da scalco elettrico su cui Roger Poland aveva tanto insistito.

Dixon sapeva che a parte verificare l'alibi di Martin Cromwell poteva fare ben poco se prima gli psichiatri non visitavano Selby. Avrebbe dovuto informarli dei suoi sospetti, ma nel frattempo doveva cercare di dormire un po'.

# Capitolo 11

Dixon si svegliò presto e trovò Jane in piedi accanto a lui con due tazze di caffè. Era nuda. Aspettò che lui si mettesse seduto e gli passò una tazza. Poi si sedette a cavalcioni su di lui sul divano.

«Allora, che si fa adesso?» chiese.

«Controlliamo l'alibi e perquisiamo il suo appartamento.»

«No, intendevo... Lascia perdere.»

«Che c'è?»

«Non importa» disse Jane. «Che ci fai sul divano?»

«Era tardi e non volevo svegliarti.»

«Avresti dovuto» ribatté lei con un sorriso.

«Oh, ora ho capito. Scusa!»

«Stai calmo. Non vorrai sentirti male.»

Si sporse in avanti e lo baciò. Lui si allungò per appoggiare la tazza sul bracciolo del divano, poi posò le mani sulle spalle di Jane e la scostò con delicatezza. Lasciò però che il bacio si prolungasse ancora un po'.

«Ti dispiace se continuiamo più tardi?»

«La prendo come una promessa.»

Jane si alzò e andò di sopra a vestirsi. Dixon controllò l'orologio. Erano le 7.20. Sapeva che Mark Pearce sarebbe stato alla stazione di polizia di Burnham alle otto, così inviò un messaggio a

Dave Harding e a Louise Willmott per informarli di raggiungerlo. Poi diede da mangiare a Monty.

Era in piedi davanti alla finestra della cucina e guardava i campi che si stendevano dietro il cottage quando Jane comparve al suo fianco. Le circondò la vita con il braccio, l'attirò a sé e la baciò. Poi le sussurrò nell'orecchio: «Più tardi».

Dixon arrivò alla stazione di polizia di Burnham poco prima delle otto. Jane lo raggiunse con la propria auto pochi minuti dopo. Il resto della squadra li stava aspettando nella sala operativa.

«Bene. Scusate se vi ho trascinato qui di domenica, ma abbiamo un bel po' di lavoro da fare. Abbiamo sotto custodia il primo figlio di Selby. Martin Cromwell è stato adottato negli anni Settanta e ha ritrovato il padre solo tre mesi fa. Lavora all'Allandale Lodge come infermiere per potergli stare vicino.»

«Questa sì che è bella» commentò Dave Harding.

«Per quanto possa sembrare strano, io gli credo, Dave. Ma ciò non toglie che possa essere implicato. Sembra avere l'alibi perfetto per l'omicidio di Valerie Manning, ma Jane e io lo verificheremo questa mattina.»

«Dove si trovava?» chiese Pearce.

«Al lavoro, a quanto pare, Mark. Faceva il turno di notte.»

«Può essere uscito e rientrato.»

«Potrebbe. Potrebbe anche aver fatto uscire il padre e poi averlo fatto rientrare.»

«Selby però soffre di demenza vascolare, signore» osservò Louise Willmott.

«È vero, ma sappiamo davvero quanto sia grave? Potrebbe essere una messa in scena.»

«Sarebbe un'interpretazione da Oscar» replicò Louise.

«Be', domani dovrà passare per le mani di due psichiatri, quindi lo scopriremo» disse Dixon. «Dunque, il figlio abita sul lungomare nell'appartamento 5 di Cavendish House, un monolocale. Dobbiamo perquisirlo da cima a fondo. Puoi pensarci tu, Mark? Louise, magari puoi aiutarlo tu.»

«Sì, signore.»

«Chiamate la scientifica e passatelo al setaccio» ordinò Dixon. Poi si rivolse a Dave Harding. «A che punto sei con Spalding?»

«Sono andato a casa sua come ha suggerito lei, capo. Aveva ragione. Ci sono degli inquilini. Pagano l'affitto a uno studio legale di Wells, ma ovviamente non potrò parlarci fino a lunedì.»

«Qual è il nome dello studio?»

«Ambrose e Tucker.»

«Controlla il sito web e scopri chi sono gli associati. Se non ci riesci, prova con il sito dell'albo professionale. Dobbiamo trovare Spalding oggi, Dave.»

«Sì, signore.»

«Cosa abbiamo ottenuto dalla ricostruzione?»

«Ben poco finora, ma andrà in onda sui notiziari di stasera e di domani.»

«E il DNA sui bicchieri a casa di Hawkins?»

«Niente, signore» rispose Pearce, «erano stati ripuliti.»

«È stata stabilita la data della morte di John Hawkins?»

«Roger Poland ce la comunicherà lunedì» rispose Harding, «ma per ovvi motivi non sarà precisissima.»

«Questo non ci aiuta a verificare l'alibi di Cromwell, giusto?»

«Giusto, signore.»

«Domani parlerò con Poland» disse Dixon.

«Che facciamo con la signora Selby?» chiese Jane.

«Lasciala andare. Su cauzione. Solita procedura.»

«La farò accompagnare a casa da una volante.»

«Assolutamente no. Che se ne torni a casa da sola, maledizione. Sapeva benissimo quello che aveva fatto il maritino e lo ha tenuto nascosto per più di trent'anni.»

«Sì, ma...»

«È il minimo. E finirà anche dentro per aver ostacolato il corso della giustizia, se dipenderà da me.»

«Sì, signore» disse Jane.

«Bene, sapete tutti cosa dovete fare, perciò mettiamoci al lavoro.»

Dixon si sedette a un computer per controllare la posta: passò i successivi cinque minuti a cancellare messaggi che non gli interessavano. Ne rimasero tre. Il primo era di Dave Harding e conteneva un breve file di formato wmv. Era il filmato del rapimento di Valerie Manning. Cliccò sull'allegato e guardò il video diverse volte. Non provava alcuna emozione adesso, la sua pena per Valerie era stata offuscata dalle morti di Frances e Rosie Southall. Erano loro le vere vittime. Fermò il video mentre la persona con il cappuccio era inquadrata per intero, anche se di profilo, ingrandì l'immagine e fissò attentamente il monitor. Non era Martin Cromwell.

«Jane, vieni a dare un'occhiata qui.»

Lei si alzò e lo raggiunse. Guardò lo schermo.

«Martin Cromwell?» chiese Dixon.

«Assolutamente no.»

«Potrebbe essere il padre però, non credi?»

«Sì, credo di sì.»

Dixon chiuse l'email. Qualcosa lo turbava, ma non sapeva bene cosa. Fissò lo schermo vuoto per diversi minuti prima di aprire l'e-mail successiva. Era la testimonianza dell'anziano che si era fatto avanti alla ricostruzione, Ronald Drayton. Dava una breve descrizione della persona con i vestiti scuri e il cappuccio sulla testa. L'aveva vista aggirarsi vicino alla fermata dell'autobus quando era uscito dal *Morrisons*, anche se, messo alle strette, non era stato in grado di dire se fosse un uomo o una donna. L'aveva descritta come una persona esile e forse più bassa dell'agente che stava ricostruendo la scena.

«Hai visto questa dichiarazione di Drayton, Jane?»

«Sì. Conferma quello che pensiamo, no?»

Dixon tornò alla prima email e riaprì il video. Chiese a Jane di guardarlo con lui.

«Che cosa noti in questo filmato?»

«In che senso?»

«Guardalo di nuovo.»

Dixon fece ripartire il video dall'inizio. La figura compariva da dietro la fermata dell'autobus.

«Guarda come si muove. Non può essere un uomo anziano, giusto?»

«No, giusto. È troppo... agile.»

Dixon lasciò scorrere il filmato fino alla fine.

«Diamo un'occhiata alle dichiarazioni degli altri due figli di Selby, Richard e...?»

«Marcus» rispose Jane.

«Chi ha controllato i loro alibi?»

«Vado a vedere.»

Dixon passò all'ultima email. Era di Roger Poland e gli proponeva di incontrarsi per una birra. Aggiunse il numero del cellulare di Poland alla lista dei suoi contatti sull'iPhone e poi cancellò l'email. Guardò l'orologio. Erano le 8.45. Mark Pearce e Louise Willmott erano usciti per andare a perquisire l'appartamento di Martin Cromwell. Dave Harding stava andando a Wells.

Jane gli consegnò una copia della dichiarazione di Richard Selby.

«Lo ha interrogato Dave. Alibi semplice. Era a casa con la moglie.»

«Qualcuno ha verificato?» chiese Dixon.

«No. Non ancora. Ma probabilmente reggerà, no? Anche se è una cazzata.»

«E Marcus?»

«Vive a Richmond ed è stato prelevato dalla polizia metropolitana. Era a cena da un amico e abbiamo verificato. Qui ci sono le dichiarazioni di un certo Pollard e della moglie. Marcus è stato tutta la sera a casa loro...» Jane diede un'occhiata alla dichiarazione «... a Teddington, e se n'è andato a mezzanotte.»

«Chissà che aspetto ha Richard Selby, comunque» disse Dixon.

«Io non l'ho incontrato.»

«Neanch'io. Propongo di rimediare al più presto.»

«Buona idea. Gli telefono?»

«No, passiamo da lui senza preavviso. Una cosa alla volta, però. Dobbiamo prima verificare l'alibi di Cromwell.»

Alzò il telefono e chiamò Susan Procter. Stava preparando il pranzo della domenica ma poteva ritagliarsi una mezz'oretta per incontrarlo alle 10.30. Si misero d'accordo per vedersi all'Allandale Lodge.

---

«Guido io» disse Dixon.

Jane gli lanciò le chiavi della macchina da sopra il cofano della Land Rover. Lui le prese e salì dal lato del guidatore. Monty si svegliò e cercò di saltare davanti, ma lo spinse indietro.

«Andiamo a vedere come se la cavano Mark e Louise a casa di Cromwell.»

Arrivarono a Cavendish House poco dopo le dieci. Fuori c'erano un furgoncino della scientifica e due volanti della polizia. La porta d'ingresso era spalancata e Dixon poté vedere poliziotti in divisa e agenti della scientifica nell'atrio. Mark Pearce stava parlando con un uomo sulla sessantina. Aveva lunghi capelli grigi legati in una coda di cavallo e indossava un paio di jeans e una camicia blu.

«Questo è il proprietario, signore. Colin Evans. Ci ha fatti entrare lui» spiegò Pearce.

«Grazie, signor Evans. Ci è stato di grande aiuto. Sono l'ispettore Dixon.»

«Avete arrestato Martin?»

«Al momento è sotto custodia, ma per adesso non è accusato di nessun crimine, che sia chiaro.»

«Lo credo bene» replicò Evans. «Non farebbe del male a una mosca quel ragazzo. Ed è il mio migliore inquilino. Sempre in regola con l'affitto.»

Dixon guardò Jane accigliato.

«Sta diventando un tema ricorrente ormai.»

«Infatti.»

«Lo terremo a mente, signor Evans, grazie.»

Dixon superò il padrone di casa, salì le scale e si fermò sulla porta del monolocale di Cromwell. Mark Pearce e Jane lo seguivano.

Era una grande stanza nella parte anteriore dell'edificio, con la stessa vista sull'Hinkley Point che si godeva da casa del defunto John Hawkins. Rifletté che il complesso residenziale Seaview era solo a due o trecento metri da lì lungo la spiaggia.

Il locale in sé era piuttosto spoglio. C'erano un letto singolo contro la parete di destra, un tavolo con delle sedie sotto la finestra principale e un angolo cottura rudimentale sulla parete di sinistra. Un divano riempiva la parte centrale della stanza e in un certo senso separava la zona notte dalla zona giorno. Su un tavolino c'era un televisore che poteva essere guardato comodamente sia dal divano sia dal letto.

«Ammobiliato?» chiese Dixon.

«Sì» rispose Pearce.

«Quanto paga per questa topaia?»

«Ottantacinque sterline alla settimana.»

«E il bagno?»

«Di sopra, sul ballatoio. È in comune.»

Dixon individuò Louise Willmott che usciva da uno stanzino davanti ai piedi del letto. Indossava una tuta bianca di carta e dei guanti in plastica.

«Trovato niente, Louise?»

«Niente, signore.»

Il responsabile della squadra scientifica, Watson, comparve dietro a Dixon sulla soglia.

«In confronto all'ultima volta, questa è una passeggiata.»

«Trovato niente?»

«Un sacco di impronte, ma mi aspetto che siano tutte sue. Nient'altro. E dico proprio nient'altro. Solo qualche vestito e detergenti vari.»

«Non ha in mente di restare qui per molto, allora» immaginò Dixon.

«A quanto pare no» rispose Watson.

«Qual è la durata del contratto, Mark? Si rinnova ogni mese o ogni sei mesi?»

«Ogni mese, stando al signor Evans, signore.»

«Ci sono fotografie o qualcosa del genere?»

«No» intervenne Watson.

«Bene, ora verificheremo il suo alibi. Se trovate qualcosa, fatemelo sapere.»

La Land Rover di Dixon era parcheggiata sul lungomare. La raggiunse in silenzio. C'era l'alta marea e l'unica cosa che si sentiva era il rumore dell'acqua che sciabordava contro la diga. Guardò verso la centrale elettrica, ma la visuale era coperta dagli spruzzi e dalla schiuma che si alzavano dalle onde.

Era certo che presto avrebbe potuto confermare l'alibi di Cromwell. Martin era passato da vittima a principale sospettato per poi tornare a essere una vittima nel giro di diciotto ore. Dixon sapeva che anche lui si ritrovava quasi al punto di partenza. Quasi, ma non del tutto. Si girò e guardò di nuovo Cavendish House.

«Poveraccio» borbottò, ma la sua voce fu eclissata dal rumore delle onde.

Percorsero in macchina Berrow Road, girarono a destra in Rectory Road e arrivarono alla casa di cura Allandale Lodge poco prima delle 10.30. Videro Susan Procter nel parcheggio e aspettarono nella Land Rover per darle il tempo di entrare. Vicino alla porta d'ingresso era parcheggiata una volante. Dentro c'era un agente che Dixon aveva già visto durante le ricerche sul campo da golf. Sembrava che non riuscisse a tenere gli occhi aperti.

Dixon bussò al finestrino. L'agente alzò lo sguardo, vide l'ispettore e scese dall'auto.

«È stato qui tutta la notte, agente?»

«No, signore. Siamo arrivati alle otto di stamattina. L'agente Cole è di guardia fuori dalla stanza di Selby.»

«Ha notato qualcosa di insolito?»

«Niente, signore.»

«Bene. Cerchi di tenere gli occhi aperti.»

«Sì, signore.»

Dixon e Jane si avvicinarono all'ingresso e suonarono il campanello. La porta era chiusa a chiave, ma un infermiere l'aprì dall'interno digitando un codice su un tastierino posto sopra la maniglia.

«Siamo qui per vedere Susan Procter. Ci sta aspettando.»

«Potreste firmare il registro, per favore?»

Dixon scrisse il suo nome e quello di Jane. Aggiunse il numero della targa della macchina e l'orario di entrata, le 10.25. Notò che quella era la prima annotazione di una pagina bianca del registro dei visitatori. Lo sfogliò per vedere le pagine precedenti ma non trovò niente di anomalo. Solo un gran numero di pazienti che avevano ricevuto un gran numero di visite. Pensò a quelli che non ne avevano ricevuta nemmeno una. Nessuno aveva fatto visita a David Selby nelle ultime ventiquattr'ore.

Seguirono l'infermiere nell'atrio, superarono la sala da pranzo che si trovava sulla sinistra e il salone sulla destra. Arrivati in fondo alle scale, di fronte all'ingresso, andarono a destra e una volta imboccato il corridoio girarono a sinistra, passarono davanti all'ascensore e presero un corridoio più stretto che portava all'ufficio di Susan Procter. Dixon colse l'occasione per sbirciare nella cucina. Era vuota stavolta.

«Prego, ispettore. Cosa posso fare per voi?»

Dixon si sedette sulla sedia di fronte alla scrivania. Jane chiuse la porta e ci si fermò davanti.

«Abbiamo Martin Cromwell sotto custodia, signora Procter.»

«Che cosa ha fatto?»

«È il figlio che David Selby ha avuto dalla prima moglie.»

«Santo cielo.»

«Al momento ci sta aiutando nelle indagini. Stiamo cercando di stabilire se è coinvolto nei recenti omicidi e dobbiamo verificare il suo alibi per la notte di sabato scorso. Martin dice che era qui al lavoro, per il turno di notte.»

«Posso controllare i turni in un attimo, ispettore» disse la signora Procter. Si allungò verso destra e accese il computer.

«Quando ha iniziato a lavorare qui?» chiese Dixon.

«Circa tre mesi fa. Tra un secondo potrò dirle la data esatta.»

«Le ha mai raccontato qualcosa di personale?»

«Non proprio. Al colloquio ha detto che si era appena trasferito in zona e che la sua famiglia era di Exmouth. Tutto qua.»

«Le ha detto perché si era trasferito?»

«No.» La signora Procter abbassò lo sguardo e diede un calcio al computer sotto la scrivania, poi impugnò il mouse e lo agitò. «Questo aggeggio è un po' lento, purtroppo.»

«Immagino che lei non sapesse che è il figlio di Selby.»

«No, infatti. E la signora Selby non mi ha mai detto niente.»

«Non lo sapeva neanche lei. Non ha mai incontrato Martin e David Selby non parlava mai di lui, a quanto pare.»

«Che gli è successo, quindi?» chiese la signora Procter.

«È stato adottato quando era bambino.»

«Povera creatura.»

«È possibile che David Selby lo sapesse?»

«Non riconosce più la moglie, ispettore. Figuriamoci un figlio che non vede da anni.»

«Non è possibile che Selby stia esagerando i propri sintomi?»

La Procter scosse il capo. Stava per rispondere, ma Dixon continuò.

«So che è una domanda bizzarra, ma la demenza vascolare gli fornirebbe un alibi di ferro se riuscisse a convincere tutti che è incapace di intendere e di volere.»

«Capisco cosa vuole dire, ma è impossibile. Non sarebbe mai riuscito a fingere per tutto questo tempo. E io non ho mai avuto dubbi di sorta in proposito.»

La signora Procter spostò lo sguardo sullo schermo del computer.

«Ah, eccoci.»

Dixon la guardò mentre dava una scorsa e cliccava sul mouse.

«È arrivato il 27 luglio e... sì, sabato scorso era al lavoro. Ha avuto il turno di notte per quattro volte consecutive, quindi ha lavorato giovedì, venerdì, sabato e domenica. Dalle otto di sera alle otto di mattina.»

«C'è qualche possibilità che sia uscito e poi rientrato?»

«No.»

«Che sia stato via per... diciamo due o tre ore?»

«No. Assolutamente.»

«Ha una macchina?»

«Non che io sappia. Di solito viene in bicicletta.»

«Cosa la fa essere tanto sicura che non sia uscito e poi rientrato?»

«Be', ecco... sarebbe stato visto dai colleghi. Sono così pochi che se ne sarebbero accorti subito se fosse uscito.»

«Chi altro c'era in servizio quella notte?»

«Sam, cioè Samantha, e...» La signora Procter lanciò un'occhiata al monitor. «Kanya.»

«Sono qui adesso?»

«Solo Kanya.»

«Possiamo scambiare due parole con lei, per favore?»

Susan Procter alzò il telefono.

«Kanya, sei tu?... Puoi scendere un attimo nel mio ufficio, per favore?... Sì, adesso.» Mise giù il telefono. «Sta arrivando.»

«Presumiamo che non si sia mosso da qui... È possibile che abbia fatto uscire suo padre e poi lo abbia fatto rientrare senza che nessuno se ne accorgesse?»

«Sarebbe possibile, ma solo se David ne fosse capace, e non lo è. Almeno secondo me.»

Bussarono alla porta.

«Avanti» disse la signora Procter a gran voce.

La porta si aprì e un'infermiera con l'uniforme blu entrò nell'ufficio. Era una ragazza di neanche trent'anni con i capelli neri, lisci e lunghi.

«Kanya è thailandese. Kanya, questo signore è un poliziotto, l'ispettore Dixon, e vuole farti qualche domanda sui turni di notte dello scorso weekend.»

«Va bene.»

«Chi era in servizio con lei?»

«Eravamo io, Sam e Martin.»

«A che ora avete iniziato il turno?»

«Abbiamo attaccato alle otto.»

«È possibile che Martin a un certo punto sia uscito e sia rientrato dopo un po'?»

«Cosa? Andato via, intende?»

«Sì. Andato via per due o tre ore.»

«No. È stato qui tutta la notte. L'ho visto.»

«Non lo ha perso mai di vista?»

«Sì, ma non così a lungo. Durante la notte ha risposto al cicalino ma non è stato mai via per più di dieci minuti.»

«Ne è sicura?»

«Sì. Siamo stati seduti tutti insieme nella saletta del personale. Tutta la notte.»

«Grazie, Kanya.»

L'infermiera uscì dall'ufficio e Jane chiuse la porta dietro di lei.

«Può bastare, ispettore?»

«Credo di sì, signora Procter. Grazie per il suo aiuto, spero di non averle rovinato il pranzo.»

«Non si preoccupi, mi fa piacere aiutare Martin. È tanto una brava persona.»

Dixon guardò Jane e inarcò le sopracciglia.

«Non c'è bisogno che ci accompagni all'uscita, signora.»

Dixon ripercorse il corridoio stretto e superò la cucina. Jane era dietro di lui. Alla fine svoltò verso il tavolino con il registro dei visitatori che si trovava nell'atrio, contro la parete fra la porta del salone e quella d'ingresso. Proprio in quell'istante un movimento alla sua sinistra catturò la sua attenzione. Si voltò e vide la porta dell'ascensore che si richiudeva. Alzò lo sguardo. Era Jean Selby. Si era cambiata gli abiti e adesso indossava dei pantaloni scuri e un maglione nero. Portava una borsa rossa nella mano destra. La borsa aveva una tracolla lunga, perciò dondolava a un paio di centimetri da terra. La sua espressione era del tutto assente. Aveva gli occhi iniettati di sangue e guardava in faccia Dixon, anche se non sembrava consapevole della sua presenza. Poi l'ascensore si chiuse completamente e lei sparì.

«Era Jean Selby.»

«Non l'ho vista» replicò Jane.

Dixon si fermò davanti al tavolino con il registro dei visitatori. Controllò l'ora, prese la biro e scrisse 10.50 nella colonna dell'uscita. Lentamente rimise la penna in mezzo al registro, fissando per tutto il tempo il lato sinistro della pagina.

«Non ha firmato l'entrata.»

Si girò verso l'ascensore e poi tornò a guardare il registro dei visitatori. Voltò pagina per controllare le annotazioni del venerdì precedente.

«Venerdì pomeriggio però l'ha fatto.»

Andò verso la porta d'ingresso. Il codice per sbloccarla era scritto nell'angolo in basso a sinistra del cartello con i segnali di sicurezza. Fece per digitare il codice sul tastierino ma si fermò di colpo. Guardava fuori attraverso il pannello di vetro.

«Che c'è?» chiese Jane.

Dixon stava fissando una piccola auto blu scuro parcheggiata accanto alla volante della polizia.

«Quella macchina non c'era quando siamo arrivati, vero?»

Lei sbirciò oltre la sua spalla.

«No, quel posto era vuoto.»

«La dichiarazione di Daniel Fisher...» La voce di Dixon si affievolì.

«Una piccola auto scura?» chiese Jane.

«Oh, cazzo.»

Dixon si girò di scatto e corse al registro dei visitatori. Lo sfogliò e guardò di nuovo le annotazioni precedenti.

«Cazzo, cazzo, cazzo.»

«Che succede?» chiese Jane.

«Come si chiama lo studio legale di Wells di cui parlava Dave, quello che riceve l'affitto per conto di Spalding?»

«Ambrose e Tucker, mi pare.»

Dixon lesse ad alta voce dal registro dei visitatori.

«Venerdì pomeriggio: Simon Ambrose. Visita per J. Spalding. Entrata: 15.55. Uscita: 16.30.»

«Spalding è ricoverato qui?» chiese Jane.

Ma lui stava già tornando nell'ufficio di Susan Procter. La incontrò nel corridoio, camminava verso di lui.

«Julian Spalding?»

«Che vuole sapere su di lui?»

«Dov'è?»

«Stanza ventinove. Terzo piano. Salga le scale, superi la doppia porta, giri a sinistra e la trova in fondo al corridoio. Ma perché?»

Dixon la ignorò. Si girò e corse verso le scale. Lanciò un urlo a Jane, che era ferma davanti alla porta del salone.

«Avvisa Cole, si trova davanti alla stanza di Selby. Chiama i rinforzi via radio e poi seguimi al terzo piano.»

«La signora Selby non...»

«Che cazzo ci faceva in ascensore, Jane?»

~

Dixon era a metà della prima rampa di scale. Attraverso il salone Jane guardò il corridoio della dépendance al pianterreno che portava alla stanza di David Selby. Vide l'agente Cole seduto su una sedia fuori dalla porta. Tornò a guardare le scale. Dixon era sparito.

~

Dixon corse su per i gradini, attraversò la doppia porta e prese il corridoio. La camera ventinove era sulla destra, appena prima dell'uscita antincendio. Di fronte c'era un estintore fissato alla parete con un supporto all'altezza della vita. Provò ad aprire la porta di Spalding. Era chiusa a chiave. Fece un passo indietro, sollevò il piede sinistro e con un calcio colpì il legno poco sopra la maniglia. Non successe nulla. Un nuovo colpo. Ancora niente.

Si girò e staccò l'estintore dal muro. Tenendo la parte superiore con la destra e quella inferiore con la sinistra, sbatté l'estintore contro la maniglia, mollando la presa con la sinistra un attimo prima dell'urto. Il telaio della porta si scheggiò. Riprese l'estintore e lo sbatté di nuovo contro la maniglia. Il telaio di legno si spaccò e la porta si aprì.

Dixon lasciò l'estintore ed entrò nella stanza di Spalding. La porta si richiuse alle sue spalle. Alla sua destra c'era il bagno annesso alla camera, che creava una sorta di piccolo ingresso. Fece tre passi avanti.

Vide un ampio bovindo e Spalding seduto su una poltrona davanti alla finestra. Dietro di lui c'era Jean Selby. Teneva un lungo coltello dalla lama sottile sulla gola dell'uomo.

Quando la Selby vide Dixon gli puntò contro il coltello e gridò: «Stia indietro!».

Aveva gli occhi iniettati di sangue e il viso paonazzo. Respirava a fatica e allargava le narici ogni volta che prendeva aria. Le guance erano rigate dalle lacrime. Il palmo della mano destra era rivolto verso l'alto e Dixon notò che aveva le nocche bianche per quanto stringeva forte il coltello.

«Va tutto bene, Jean. Si calmi.»

Dixon si prese un momento per studiare la stanza. Spostò solo gli occhi, però, continuando a tenere la testa girata verso la donna. La stanza era grande, molto più grande di quella di David Selby. Notò il letto da ospedale contro la parete alla destra e, alla sua sinistra, di fronte al letto, un armadio. Alla sinistra del bovindo c'era un comò con i cassetti bombati. Vide che sopra era appoggiata la borsa di Jean Selby, accanto a quello che sembrava un coltello da scalco elettrico. Nel bovindo c'erano due poltrone collocate dietro un lungo tavolino da caffè. Spalding era seduto in quella più vicina a lui e sembrava appisolato. Vecchio, macilento e ripiegato su se stesso, gli ricordò David Selby.

«Lo guardi, Jean. A che serve ucciderlo?»

«A che serve?»

«Lasciarlo in vita è una punizione peggiore, non crede?»

«No, io non credo!» gridò Jean Selby. «Lei non immagina neanche.»

Riportò il coltello sulla gola di Spalding. Il vecchio si agitò ma non si svegliò.

«Lei incolpa quest'uomo di quello che è successo a suo marito. David incolpava i dottori delle morti di Rosie e Frances, e lei li incolpa della demenza di David.»

Jean Selby tentò di asciugarsi le lacrime con il dorso della mano sinistra.

«Ma non ha visto come lo hanno ridotto?»

«Guardi come hanno ridotto lei, Jean» ribatté Dixon.

La donna cominciò a singhiozzare.

«L'ho visto logorarsi per più di trent'anni e adesso questo. Ed è colpa loro!» urlò. «Voglio finire quello che ha iniziato lui.»

Dixon sentì i passi lungo il corridoio. Correvano. Jean Selby puntò di nuovo il coltello contro di lui.

«Stia indietro.»

Al suono di alcune sirene in lontananza, Jean guardò fuori dalla finestra alla sua sinistra. Abbassò il coltello. Non molto ma abbastanza. Dixon colse l'attimo. Corse in avanti, solo tre passi, scavalcò il tavolino da caffè e si lanciò su di lei.

Jean Selby si girò all'ultimo secondo e cercò di sollevare il coltello per colpirlo. Mentre si tuffava, con la mano sinistra Dixon tentò di farglielo mollare. Nello stesso momento, le spinse la testa indietro con la destra. Sentì un colpo secco alla spalla sinistra. Jean cadde all'indietro e lui atterrò sopra di lei. Cercò di alzarsi e si ritrovò a cavalcioni sulla donna. Lei gridava e tirava pugni a raffica. Lui cercò di immobilizzarla, ma non riusciva a muovere il braccio sinistro. Alla fine le afferrò il polso sinistro con la destra e poi le bloccò il braccio destro con il ginocchio sinistro.

«Non può andare da nessuna parte, Jean.»

Poi sentì i passi. Un secondo dopo Jane era in piedi sopra di lui e gli infilava le mani sotto le braccia per trascinarlo lontano da Jean Selby. Dixon si accasciò contro il muro sotto il bovindo e alzò lo sguardo verso Jane. Vide che aveva le lacrime agli occhi. Poi si girò verso Jean Selby. L'agente Cole le stava mettendo le braccia dietro la schiena per ammanettarla.

Dixon guardò di nuovo Jane.

«Spalding?»

«Non si è accorto di niente.»

Annuì. Sentì lo scatto delle manette che si chiudevano e poi il gracchiare di una radio.

«Centrale, qui è l'agente Cole, matricola 2562. Ci serve subito un'ambulanza alla casa di cura Allandale Lodge di Burnham. Un agente è stato accoltellato.»

Dixon guardò Jane con aria interrogativa. Poi si guardò la spalla sinistra. Un manico di plastica nero gli spuntava dalla carne e perdeva sangue dal lato sinistro del petto. Fissò il coltello per diversi secondi, prima di afferrarlo con la mano destra.

Jane allungò il braccio e lo bloccò.

«Lascia» disse.

Solo in quel momento Dixon avvertì il dolore. E perse i sensi.

# Capitolo 12

Dixon aprì gli occhi e trovò Jane seduta ai piedi del letto.

«Dove mi...?»

«All'ospedale di Weston. In una stanza privata. Ti hanno operato alla spalla.»

Lui abbassò gli occhi. Il manico del coltello era sparito e al suo posto c'erano delle bende. Cercò di muovere il braccio sinistro e fece una smorfia.

«Non farlo» lo ammonì Jane. Si spostò sul letto per sedersi accanto a lui.

«Che ore sono?»

«Le otto e mezzo.»

Un'infermiera entrò nella stanza e si fermò ai piedi del letto.

«Si è svegliato.»

«Sì.»

«Ha subìto un intervento alla spalla. Il coltello è stato rimosso, come può vedere. Chiamo il dottore, così può parlarci.»

«Grazie.»

«Come si sente?»

«Ho la nausea.»

«Saranno gli antidolorifici. Posso chiedere al medico di darle qualcosa. Torno fra un minuto.»

L'infermiera se ne andò e Dixon si rivolse a Jane.

«Dov'è Monty?»

«Gli ho dato da mangiare e l'ho lasciato a casa.»

«Grazie. Puoi...?»

«Certo che posso.»

Jane si chinò su di lui e lo baciò sulle labbra. In quel momento Dixon alzò gli occhi e vide l'ispettore capo Lewis che li guardava dal pannello di vetro della porta.

«Ops.»

«Non capisco di cosa ti preoccupi. Lo sappiamo tutti da secoli» disse Lewis entrando nella stanza.

Dixon si finse sorpreso.

«Dimentichi che anch'io sono un detective» gli fece notare il superiore.

«E non è un problema?»

«Certo che no.»

«Dov'è Jean Selby?»

«A Bridgwater. È stata interrogata e ha confessato di aver assassinato Valerie Manning e John Hawkins.»

«Chi l'ha interrogata?»

«Io. Con Dave Harding» rispose Lewis. «È una donna arrabbiata. Incolpava loro della malattia del marito. Per tutti questi anni è stato logorato dallo stress per aver visto morire la figlia e la moglie. E lei è stata costretta ad assistere al suo declino verso la demenza.»

«Lo stress può provocare la demenza?» chiese Dixon.

«Lo stress può provocare ipertensione, e l'ipertensione può essere causa di demenza vascolare, stando a Wikipedia.»

«E Cromwell?»

«È tornato al lavoro.»

«Poveraccio.»

«I dottori dicono che non hai riportato danni permanenti.»

«È comunque più di quanto abbiano detto a me.»

«Ti sei appena svegliato» osservò Jane.

«Prenditi tutto il tempo che ti serve, Nick. La settimana prossima penseremo alla tua testimonianza, ma non c'è fretta.»

«Sì, signore.»

«Al momento ho per le mani un caso di infrazione al codice stradale» disse Lewis.

«Codice stradale?» chiese Jane.

«Sì. Qualche giorno fa qualcuno è andato a sbattere contro una macchina parcheggiata a Mark e poi è scappato. Non si è fermato e non ha denunciato il fatto. Roba seria.»

«Sta facendo un'indagine a tappeto?» chiese Dixon.

«Ho già chiuso il caso» rispose Lewis. «Nessun testimone.» Si alzò per andarsene. Mise una mano nella tasca della giacca e tirò fuori un pacchetto di caramelle alla frutta. Le lanciò sul letto vicino a Dixon. «Mettile nel vano portaoggetti.»

«Sì, signore.»

«Idiota.»

«Grazie, signore.»

Lewis si fermò sulla porta e si voltò verso Dixon.

«Bel lavoro, comunque.»

Printed in Great Britain
by Amazon